魅力宋词（下）

繁华盛世里的浅吟低唱

舒宇彤 主编

应急管理出版社
·北京·

U0107447

图书在版编目（CIP）数据

繁华盛世里的浅吟低唱：魅力宋词：全二册／舒宇彤主编 . -- 北京：应急管理出版社，2022

ISBN 978 - 7 - 5020 - 7955 - 0

Ⅰ.①繁…　Ⅱ.①舒…　Ⅲ.①宋词—诗歌欣赏　Ⅳ.①I207.23

中国版本图书馆 CIP 数据核字（2021）第 072393 号

繁华盛世里的浅吟低唱　魅力宋词（全二册）

主　　编　舒宇彤
责任编辑　陈棣芳
封面设计　书心瞬意

出版发行　应急管理出版社（北京市朝阳区芍药居 35 号　100029）
电　　话　010 - 84657898（总编室）　010 - 84657880（读者服务部）
网　　址　www.cciph.com.cn
印　　刷　河北浩润印刷有限公司
经　　销　全国新华书店

开　　本　710mm×1000mm$^1/_{16}$　印张　26　字数　235 千字
版　　次　2022 年 4 月第 1 版　2022 年 4 月第 1 次印刷
社内编号　20201764　　　　　定价　88.00 元（全二册）

目录

豪 | 放 | 词

婉 | 约 | 词

婉约词

晏殊

晏殊（991—1055 年），字同叔，抚州临川（今江西抚州）人。北宋政治家、文学家。他从小聪明伶俐，七岁能属文，十四岁以神童的身份入试，赐同进士出身，担任秘书正字。历任知制诰、翰林学士等职位，为人谨慎周密，受到宋真宗赏识。仁宗即位后，因事出知应天府，在地方兴办学校，培养人才。仁宗亲政后他更加受到重用，多次升迁，官至宰相。晚年出知陈州、许州等地，获封临淄公。宋仁宗至和二年（1055 年），晏殊在开封病逝，获赠司空兼侍中，谥号"元献"。晏殊擅长小令，风格含蓄、婉约而又清丽，时有真情流露，与其第七子晏几道在当时被称为"大晏"和"小晏"，又与欧阳修并称"晏欧"。他也擅长作诗写文，原有集，已散佚。存世有《珠玉词》《晏元献遗文》《类要》残本。

浣溪沙①

原 文

一曲新词酒一杯②，去年天气旧亭台③。夕阳西下几时回④？
无可奈何⑤花落去，似曾相识⑥燕归来⑦。小园香径⑧独徘徊。

注 释

①浣溪沙：唐教坊曲名，后用为词调。沙，一作"纱"。

②一曲新词酒一杯：此句化用白居易《长安道》诗意："花枝缺入

青楼开，艳歌一曲酒一杯。"一曲，一首。因为词是配合音乐唱的，故称"曲"。新词，刚填好的词，意指新歌。酒一杯，一杯酒。

③去年天气旧亭台：是说天气、亭台都和去年一样。此句化用唐末郑谷《和知己秋日伤怀》诗："流水歌声共不回，去年天气旧池台。"晏词"亭台"一本作"池台"。去年天气，是说跟去年此日相同的天气。旧亭台，曾经到过的或熟悉的亭台楼阁。旧，旧时。

④几时回：什么时候回来。

⑤无可奈何：不得已，没有办法。

⑥似曾相识：好像曾经认识。形容见过的事物再次出现，后用作成语，即出自此句。

⑦燕归来：燕子从南方飞回来。燕归来，春中常景，在有意无意之间。

⑧香径：落花满径，留有芬芳，故云香径。唐代戴叔伦《游少林寺》诗："石龛苔藓积，香径白云深。"

译文

听着一曲新歌喝一杯美酒，还是和去年一样的天气、旧时的亭台。当夕阳西下，何时才能回来？

繁花落尽令人无可奈何；屋檐下似曾相识的燕子又从南方归来，一个人独自徘徊在小园落花飘零的小路上。

赏析

此词是晏殊词的代表作。全词共分为上下两片。上片写今昔景物对比，着重写思昔；下片则寓情于景，着重写伤今。全词语句明白晓畅，清新自然，含蓄隽永，发人深醒，韵味无穷。词中对世界万物以及人生的感悟，给人深深的启发。

一、二句"一曲新词酒一杯，去年天气旧亭台"写词人边喝酒边听曲。从复杂的句式和顺畅和谐的语调中可以感受到，词人的心情是轻松愉悦的，表明词人拥有闲适安逸的心境。他听着一曲新歌喝一杯美酒，恍惚间觉得这情境似曾相识，还是和去年一样的天气、旧时的亭台，而今却物是人非。于是词人心中生发感叹："夕阳西下几时回？"表达了词人对光阴荏苒的惆怅和对过去美好事物的回想。"几时回"三字既说明了词人对往事重现的热切期望，又透露出一种深知无法实现的无奈之情。

下片依旧用寄情于景的写作手法，表述词意。"无可奈何花落去，似曾相识燕归来"为对偶句，浑然天成。此句婉转含蓄，韵律自然，情真意切。更值得品味的是这两句深藏的意蕴。花开花谢，春去秋来，四季轮转本是自然规律，不可改变也无法阻挡，因此说"无可奈何"；然而"似曾相识"的燕子，却带给人宽慰和期望。惜春之情与对未来的希望交织在一起，给人以生活启迪：生老病死与花开花谢一样，由不得人愿，因此说"无可奈何"；旧地重游，前尘往事历历在目，因此说"似曾相识"。一种混合着怀念和怅惘的情思流淌在句中，表达了词人对人生的感触。所以此词不仅词境绝美，也具有深刻的哲理。

此词蕴含着哲思，深受人们的喜爱。词中描写的景物看似平淡无奇，却含蕴深厚。词中虽然没有直接抒写时间永恒、人生无常的词句，但读者不难感受到这种意念，作者用词之含蓄让人惊叹。

浣溪沙

原　文

一向①年光②有限身③，等闲④离别易销魂⑤。酒筵歌席莫辞频⑥。
满目山河空念远⑦，落花风雨更伤春。不如怜取眼前人⑧。

注 释

①一向：一晌，片刻，一会儿。

②年光：时光。

③有限身：有限的生命。

④等闲：平常。

⑤销魂：谓心灵震荡，如魂飞魄散。形容极度哀愁、感伤。

⑥莫辞频：不要因为频繁而推辞。

⑦念远：思念远方的友人。

⑧怜取眼前人：元稹《会真记》载崔莺莺诗："还将旧来意，怜取眼前人。"怜，珍惜，怜爱。取，语助词。

译 文

时光易逝，人生有限，平常的离别，也容易令人深感悲伤。于是欲以频繁的聚会，借酒消愁，对酒当歌，聊慰此有限之身。

我怀思远方的友人却不知人在何处，只有空念着这辽阔的河山；看到风雨吹落了繁花，更感伤春光易逝。不如在酒宴上，好好爱怜眼前的人。

赏 析

整首词感叹人生短暂，抒发离别之情，表达了及时行乐的人生感悟。

"一向年光有限身"，这句写词人感叹时光易逝，人生有限。晏殊在《珠玉词》中也有此感慨，但大都委婉含蓄。此词直抒胸臆，有摄人心魄的艺术效果。"等闲"紧承上句，但加重一笔。词中所描述的，非生离死别，而是寻常的分别。每个人都会经历聚散离别，无法避免，词人深知此理，只能感慨"酒筵歌席莫辞频"，愁苦无济于事，不如对酒当歌聊慰此有限之身。此句感慨生命之短暂。过片二语气势恢宏，意境深远，词人用刚健的笔墨来抒写闲情逸致，刚柔相济，韵味十足。

"不如怜取眼前人"是说不如在酒宴上，好好爱怜眼前的人。词人不想悲春伤怀，所以想摆脱这种情感，这是词人对生活的贯有态度。本词是晏殊脍炙人口的佳作，不是一时的有感而发，也不是为某一件事而写，而是词人人生观的写照：人生短暂，时间与空间难以逾越，想要留住美好事物终究是妄想，既然美好终将逝去，不如认清现实，珍惜眼前。

词人一改用词干净爽利，下笔讲究，风格婉约的特点，在此词中取大景，笔墨浓重，格调雄健，抒发伤春怀远之情，遒劲畅快而又有一种温婉的气象，词意不过于凄凉感伤。

清平乐

原 文

红笺①小字，说尽平生意②。鸿雁在云鱼在水③，惆怅④此情难寄。

斜阳独倚西楼，遥山恰对帘钩。人面不知何处⑤，绿波依旧东流。

注 释

①红笺：印有红线格的绢纸。多指情书。

②平生意：平生相慕相爱之意。

③鸿雁在云鱼在水：暗含鱼雁传书之意。《全唐诗》收张泌《生查子》："鱼雁疏，芳信断，花落庭阴晚。"

④惆怅：失意，伤感。

⑤人面不知何处：语本崔护《题都城南庄》诗："人面不知何处去，桃花依旧笑春风。"

译 文

精美的红色信笺写满密密的小字，说的都是平生相慕相爱之意。鸿雁飞翔云端，鱼儿游戏水里，这番满腹惆怅的情意却难以传寄。

夕阳西下，我独自一人倚靠在小楼栏杆上远望，遥远的群山恰好正对窗上帘钩。桃花般的人面不知到何处去了，唯有碧波绿水依旧向东流去。

赏 析

此词为登高怀人之作。词人融情于景，以淡景抒写浓愁，青山长久存在，绿水川流不息，而自己怀念的人却杳无音信，虽然天边有鸿雁飞翔，水中有鱼儿嬉戏，它们却不能替自己传达书信，因此无限感伤。

词的上片抒发思愁。第一句"红笺小字，说尽平生意"看似平淡无奇，实际上却将无尽的情事和情思蕴含在其中。三、四句表达了信已写成，却无法传递的烦闷之情。"雁足传书""鱼传尺素"是诗文中常用典故。词人发出了"鸿雁在云鱼在水"的感叹，说明自己无力指派它们寄送书信，于是"惆怅此情难寄"。词人独辟蹊径，比起"断鸿难倩"等语句，更加新颖别致。

过片由抒情转而写景。夕阳西下，词人独自一人倚靠在小楼栏杆上远望，正好被笼罩在夕阳的余晖中，人影绰绰，异常凄惨，而遥远的群山恰好正对窗上帘钩，遮挡人的视线，更阻断了怀念之人的消息，让人更加苦闷难解。"遥山恰对帘钩"句，从词的意象上来看，又有尽管主人公与所怀念之人两情相悦，却被这万水千山所阻隔之意。登高望远排解忧思，却旧愁未解又添新愁，抒情手法多了一层转折。结尾化用崔护"人面不知何处去"之意，给人以余韵未尽之感。

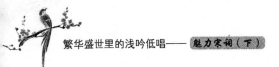

　　此词借物抒情，以"红笺""斜阳""遥山""人面""帘钩""绿波"等意象，表达了词人的离别愁绪，将词人心中的情感表现得婉转细致，生动感人。全词语言质朴无华，却蕴情深厚，娴雅从容。

宋祁

宋祁（998—1061年），字子京，小字选郎。雍丘（今河南杞县）人。北宋著名文学家、史学家。他是司空宋庠的弟弟，当时他与其兄并有文名，时称"二宋"。他的诗词多写个人生活琐事，语言工整清丽，因在《木兰花》（又名《玉楼春》）词中有"红杏枝头春意闹"句而享誉词坛，所以世称"红杏尚书"。范镇为其撰神道碑。王国维在《人间词话》中称其《木兰花》："'红杏枝头春意闹'，著一'闹'字，而境界全出。"他在宋仁宗天圣二年（1024年）考中进士，初任复州军事推官，经皇帝召试，授直史馆，后历任多职，累官至工部尚书、翰林学士承旨。他曾经和欧阳修一起合修《新唐书》，前后花了十多年的时间。宋仁宗嘉祐六年（1061年），宋祁去世，谥"景文"。近人赵万里辑有《宋景文公长短句》一卷。

玉楼春

原 文

东城渐觉风光好，縠皱①波纹迎客棹。绿杨烟外晓寒轻，红杏枝头春意闹。

浮生长恨欢娱少，肯爱千金轻一笑②。为君持酒劝斜阳，且向花间留晚照③。

注 释

①縠皱：湖水如绉纱一样纹理清晰。

②肯爱千金轻一笑：意即怎么肯爱惜金银而轻视欢乐的生活呢？千金一笑，据《艺文类聚》卷五十七引东汉崔骃《七依》云："酒酣乐中，美人进以承宴，调欢欣以解容。回顾百万，一笑千金。"盖宴席中侑酒美女难得笑颜，后遂用"一笑千金"形容歌妓舞女娇美的形象与动人的笑容。

③且向花间留晚照：化用李商隐《写意》诗"日向花间留返照"句。

译文

东城外风光越来越美好，绉纱般的江波上来往着迎客的船艄。绿杨垂柳笼聚着雾气如淡烟，拂晓的寒气在四处弥漫，唯有红艳的杏花在枝头簇绽，春意盎然。

漂泊人生悲恨多而欢乐少，怎肯爱惜千金而轻视欢乐的一笑？为你举杯劝说快要西坠的夕阳，且将暮色投向百花丛中留下深情的光照。

赏析

词的上片赞美春景，将一幅色彩明艳、春意盎然的早春图展现在读者面前；下片则叙说人生如白驹过隙，一闪而过，应当及时行乐，基调深沉，与上文的明艳色彩形成鲜明对比。

上片起首一句概括地描绘了妩媚的春光。第二句运用拟人的修辞手法，将水波写得惟妙惟肖。"绿杨"句写绿杨垂柳笼聚着雾气如淡烟，拂晓的寒气在四处弥漫。"红杏"句着重描绘杏花，用繁盛的杏花烘托浓浓春意。词人再次运用拟人的修辞方法，用一"闹"字，将风光无限的春景写得栩栩如生，呼之欲出。

过片两句，是说漂泊人生悲恨多而欢乐少，不要爱惜千金而轻视欢乐的生活。这里用典，来表达词人携佳人赏春色的心情。结尾两句，写词人为了纵情春色，要与一同游赏的友人举杯劝说快要西坠的夕阳，在花丛里多逗留一会儿。此处，词人对于大好春光的不舍之情，溢于言表。

　　这首词布局合理，流畅自然，抒发情感虽缠绵但不轻佻，词句虽明丽但不艳俗，将惜时自贵、流连春光的感情抒发得酣畅淋漓，有强烈的艺术表现力。

欧阳修

踏莎行

原 文

候馆①梅残，溪桥柳细，草薰②风暖摇征辔③。离愁渐远渐无穷，迢迢不断如春水。

寸寸柔肠，盈盈粉泪，楼高莫近危阑倚。平芜④尽处是春山，行人更在春山外。

注 释

①候馆：原指可以登高观望的楼，此指驿馆。

②草薰：青草发出香气。

③征辔：远行之马的缰绳和嚼子，此处代指马。

④平芜：草木丛生的平旷原野。江淹《去故乡赋》："穷阴匝海，平芜带天。"

译 文

驿馆的寒梅日渐凋谢，溪桥边的柳树却萌出了浅绿嫩芽。暖暖的春风在大地上拂过，风中带着花草的芳香。远行的人骑上马背，走得越远，离愁越是无穷尽，就像眼前这不断远流的一江春水。

婉约词

我肝肠寸断，泪流满面。别上楼去倚着那高高的栏杆痴望呀，绵绵不绝的原野尽处是隐隐春山。而你，更在遥远的春山之外，渺不可寻！

赏析

此词抒发了词人的离别愁绪。

上片写羁旅之情。前三句将一幅溪山旅行图展现在读者面前。词人用"梅残""柳细""草薰""风暖"等意象交代了时令，说明当时是仲春，而在这个最易触人心弦的时节，行人孤单一人作客他乡。"摇"字写出了行人依依不舍之情，充斥着哀愁与无奈。开头三句寄情于景，用景物渲染离别的伤感气氛，而"离愁渐远渐无穷，迢迢不断如春水"写离愁，词人运用比喻的修辞方法，将离愁比作春水，恰当妥帖又婉转优美。

下片写行人的想象。"寸寸柔肠，盈盈粉泪"写出闺中思妇对行人的思念之情，意在表达思妇与行人感情深厚绵长。"楼高莫近危阑倚"一句写的是行人临行前对思妇的百般叮嘱。词人写思妇登楼远望，刻画了思妇痴痴等待行人回来的神态，生动地写出了思妇的悲苦与无奈。末尾二句以景结情，绵绵不绝的原野尽处是隐隐春山，而行人却在遥远的春山之外，渺不可寻。这两句把思妇对行人的情深意重写得酣畅淋漓。

全词层次清晰，意境深远，想象丰富，比喻妥帖，构思巧妙，从路途中的行人联想到思妇，虚实相生，将离别愁绪写得含蓄隽永。

蝶恋花

原文

庭院深深深几许？杨柳堆烟，帘幕无重数。玉勒雕鞍游冶处，楼高

·211·

不见章台路①。

雨横②风狂三月暮。门掩黄昏，无计留春住。泪眼问花花不语③，乱红飞过秋千去。

注 释

①章台路：汉朝长安有章台街，歌妓居之。唐朝许尧佐有《章台柳传》，后人因以章台为歌妓聚居之地。

②雨横：雨下得猛。

③泪眼问花花不语：唐代严恽《惜花》："春光冉冉归何处，更向花前把一杯。尽日问花花不语，为谁零落为谁开。"

译 文

庭院深深，不知有多深？杨柳依依，飞扬起片片烟云，房屋的帘幕不知有多少层。豪华车马停在歌楼妓馆门前，我登楼向远处望去，却看不见那章台路上的薄情郎。

已至暮春，三月的雨伴随着狂风大作，到黄昏独自关上房门，也无法留住春意。泪眼汪汪问落花可知道我的心意，落花默默不语，纷乱地，零零落落一点一点飞到秋千外。

赏 析

此词是伤春词中的佳作，深受人们喜爱。上片写女主人公独守空闺，寂寞难耐，山水阻隔，相聚难期。下片写女主人公自觉衰老而意中人却迟迟未归，怨恨悲愤之情跃然纸上。此词描摹景物，疏俊委曲，虚实结合，意境深远，将女主人公的心理变化描写得细致生动，是欧词的代表作。

上片前三句写"庭院深深"的场景，"深几许"一问带有几分哀怨；"堆烟"说明了庭院的寂静，烘托人的孤独寂寞；"帘幕无重数"写闺阁之幽邃密闭，是年轻女子的囚牢，是对美好生命的迫害。"庭院"幽深，"帘幕"数重，更有"杨柳堆烟"，生活在这种与世隔绝的封闭环境中，女主人公的身心受到了摧残。三个"深"字叠用，不但交代了女主人公孤身一人幽闭闺中的凄凉处境，而且表达了其心事重重、幽恨无人可诉之感。很明显，她在物质上并不匮乏，但精神极度愁苦，是不言而喻的。

"玉勒雕鞍"以下几句，层层推进地展示了残酷的现实对女主人公的心灵造成的巨大伤害：意中人寡情，冶游久不归，自己却束手无策。

下片前三句用大风大雨暗喻封建礼教的冷酷，以花被打落暗喻女主人公青春不再。"门掩黄昏"二句喻青春虚度、年华易逝的悲痛。结拍两句写女主人公的专情与失望，含义深远。"泪眼问花"，实际上是自问之语。"花不语"，也不是避而不答，而是说女主人公与落花命运相似，悲愁无人可诉。"乱红飞过秋千去"，写女主人公的命运如"乱红"飞过往日戏耍之处，随风飘去，表达了女主人公的无奈。花似人，人似花，最后花、人融为一体，无法分辨，都难以摆脱被丢弃的命运。"乱红"既描写了当下的实景，又象征着女主人公的悲惨命运。此处词人以景结情，意蕴深厚，委婉曲折，生动地表达了生活在封闭环境中的贵族女子内心难以言表的苦楚。

柳永

曲玉管①

原　文

陇首云飞②，江边日晚，烟波满目凭阑久。立望关河萧索，千里清秋，忍凝眸。

杳杳③神京④，盈盈仙子⑤，别来锦字⑥终难偶。断雁无凭⑦，冉冉飞下汀洲⑧，思悠悠。

暗想当初，有多少幽欢佳会；岂知聚散难期，翻成雨恨云愁⑨。阻追游，每登山临水，惹起平生心事，一场消黯⑩，永日⑪无言，却下层楼。

注　释

①曲玉管，为唐教坊曲名。

②陇首云飞：语本《梁书·柳恽传》："少工篇什，始为诗曰：'亭皋木叶下，陇首秋云飞。'"

③杳杳：遥远渺茫。

④神京：指都城汴京。意谓词人离京后，与自己思念的人天各一方。

⑤仙子：容颜姣好的女子，唐宋间常以"仙子"代指娼妓或女道士。

⑥锦字：又称锦书，情书的美称。《晋书》卷九十六："窦滔妻苏氏，

始平人也，名蕙，字若兰，善属文。滔，符坚时为秦州刺史，被徙流沙。苏氏思之，织锦为回文旋图诗以赠滔。宛转循环以读之，词甚凄惋。"因以"锦字"指情侣间往还的书信。

⑦断雁无凭：言孤鸿不足以传书。断雁，孤鸿。雁，传书之鸿雁。典出《汉书·苏武传》。

⑧汀洲：水中的小洲。

⑨雨恨云愁：言聚散如云似雨，难以预料。王禹偁《点绛唇·感兴》："雨恨云愁，江南依旧称佳丽。"

⑩消黯：黯然销魂，语出江淹《别赋》。

⑪永日：从早到晚，整天。

译 文

山岭之上，暮云纷飞，江边的太阳已落，眼前是万里烟波。我凭栏久久望去，只见山河是那么清冷萧条，清秋处处凄凉，让人不忍注视。

在那遥远的京都，有一位美貌如仙的佳人。自从分别以来，再也没有她的音信。孤鸿不传芳音，冉冉飞下汀洲，使我的愁思更长。

回想当初有多少相见的美好时光，谁知聚散不由人，当时的欢乐，反变成今日的无限愁怨。相随游乐受阻，每当登山临水，都会勾起回忆，黯然销魂，终日里只好默默无语，独自下楼去。

赏 析

词人倚楼眺望，触景生情，写下了这首词，哀叹羁旅生活的无限愁苦，表达了对心上人的深深思念之情。

此词由三片组成。上片前三句写衰败的秋季晚景，融情于景。山岭之上，暮云纷飞，江边的太阳已落，眼前是万里烟波，词人凭栏久望。"立望关河萧索"中的"望"字，写的是国家衰落破败，清秋处处凄凉，因而引出"忍凝眸"三字。这一片描摹景物，写景由近及远，先写实景再写虚景。末句"忍凝眸"，将词人的内心情感融入景物之中，情与景难以分割，别具韵味。

中片写在那遥远的京都，有一位美貌如仙的佳人。自从分别以来，再也没有她的音信。这使词人悲伤难耐，即使望断孤鸿，也无济无事，只会徒增忧伤。"思悠悠"三字，具有总结作用，和上片的"忍凝眸"相互照应，使词意更深一层。

下片回忆往事。词人诉说今愁引发往日情事，让人无限感慨：回想当初有多少相见的美好时光，谁知聚散不由人，当时的欢乐，反变成今日的无限愁怨。相随游乐受阻，每当登山临水，都会勾起回忆，黯然销魂，终日里只好默默无语，独自下楼去。

这首词以景抒情，采用层层深入的手法，语言虽然浅显，但蕴藏的情感却深沉浓郁。

雨霖铃①

原文

寒蝉②凄切，对长亭晚，骤雨初歇。都门帐饮③无绪，留恋处，兰舟④催发。执手相看泪眼，竟无语凝噎⑤。念去去、千里烟波，暮霭沉沉楚天阔⑥。

多情自古伤离别，更那堪、冷落清秋节！今宵酒醒何处⑦？杨柳岸、晓风残月。此去经年⑧，应是良辰好景虚设⑨。便纵有千种风情，更与何人说！

注释

①雨霖铃：又作《雨淋铃》，唐教坊曲名。据王灼《碧鸡漫志》引《明

皇杂录》及《杨妃外传》记载：安史之乱爆发后，唐玄宗避乱入蜀，初入斜谷，霖雨弥日，栈道中闻铃声。玄宗方悼念贵妃，采其声为雨淋铃曲以寄托哀思。后由伶人张微（野狐）演奏，流传于世。宋代柳永首次以之为词调。

②寒蝉：即秋蝉。

③帐饮：于郊外搭起帐篷，摆宴送行。江淹《别赋》："帐饮东都，送客金谷。"《海录碎事》卷六："野次无宫室，故曰帐饮。"

④兰舟：在古诗词中，常用兰舟极言舟之华贵。

⑤凝噎：因悲伤而喉咙哽塞说不出话来的样子。

⑥"念去去"二句：可参看唐黄滔《旅怀寄友人》："一船风雨分襟处，千里烟波回首时。"去去，不断远去，越走越远。楚天，江南楚地的天空。

⑦今宵酒醒何处：言以酒去愁，酒醒更愁。李璟《应天长》："昨夜更阑酒醒，春愁过却病。"周邦彦《关河令》："酒已都醒，如何消永夜。"句意相似。

⑧经年：年复一年。

⑨应是良辰好景虚设：言若无相爱的人陪伴，美好的光景就等于虚设。类似的意思，柳永在其他词作中反复表现过多次。《慢卷绅》："对好景良辰，皱着眉儿，成甚滋味。"《应天长》中也说："把酒与君说。恁好景佳辰，怎忍虚设。"

译 文

秋蝉叫得是那样的凄凉，面对着长亭，正是傍晚时分，一阵急雨刚停。在京都城外设帐饯别，却没有畅饮的心绪，正在依依不舍的时候，船上的人已催着出发。手握着手泪眼相看，千言万语都噎在喉间说不出来。想这一去千里迢迢，一片烟波，那夜雾沉沉的楚地天空竟是一望无边。

自古以来多情人最伤心的就是离别，更何况又逢这萧瑟冷落的秋季。

谁知我今夜酒醒时身在何处？怕是只有杨柳岸边，面对凄厉的晨风和黎明的残月了。这一去长年相别，就算是良辰美景也如同虚设。即使有满腹的情意，又再同谁去诉说呢？！

赏析

这首词是婉约词的代表，是写离愁别绪的佳作。词人将他与心上人离别之时的复杂情感表达得婉转悲凉，真切动人。

词以"伤离别"为主要线索，思路清晰。起首三句交代了时间、地点和景物，以清冷的景色为开端。清秋时节的"寒蝉"将本来就悲凉的秋景渲染得更加"凄切"。"都门"二句，写出了别时心境。词人在京都城外设帐饯别，本想多"留恋"一会儿，不料"兰舟催发"，如此，怎会有心情喝酒？想留留不得，想饮却没有兴致，可见其心情之矛盾。"执手"两句，把分别之情引向高潮。分别在即，词人与心上人手握着手泪眼相看，千言万语说不出来。上面三小节回环往复，抑扬顿挫。"念去去"两句，则绾上结下，笔随意转，就像江河奔流直下，气势奔放。烟波浩渺，楚天辽阔，一想到分别后道路崎岖漫长，难以相聚，对心上人的思念之情就犹如楚地的万里烟波，缭绕不绝。

下片"多情自古伤离别"起过渡作用。自古以来多情人最伤心的就是离别，"离别"是令人"伤"的主要原因，"更那堪"在"清秋节"。这两句结构严谨，词意连贯。"今宵酒醒何处？杨柳岸、晓风残月。"借酒消愁，难免更添愁绪，词人虽然"无绪"，但仍坚持喝酒，这闷酒更容易让人醉。杨柳是古时人们用来象征分别的最常见的物象，"杨柳岸、晓风残月"是家喻户晓的佳句，将柳词浅显易懂、擅长白描的风格表现了出来。"此去经年"，是由"今宵"料想到"经年"，由此刻的"无语凝噎"联想到"暮霭沉沉楚天阔"，更进一层，使词人发出"便纵有千种风情，更与何人说"的感慨。一唱三叹，料想分别后相思的痛苦情状，使词意更

上一个台阶。至此，凄、苦、惨、悲、痛、恨、愁纵贯全词，让人感同身受。此词层次丰富，委婉曲折，用万般风情把羁旅之苦和世间的离愁别恨烘托得淋漓尽致。

这首词在艺术手法上极具特点，成就斐然，家喻户晓。词人将情与景有机地融合在一起，将离愁别绪写得极有画面感；意与境紧密相连，词句充满诗情画意，艺术气息浓烈。此词叙事清晰明了，写景精巧细致，将看不见、摸不着的离愁别绪，用具体可感的物象来表现，生动感人。

蝶恋花

原 文

伫倚危楼①风细细，望极②春愁，黯黯③生天际。草色烟光残照里，无言谁会④凭阑意。

拟把⑤疏狂图一醉，对酒当歌⑥，强乐⑦还无味。衣带渐宽⑧终不悔，为伊消得人憔悴⑨。

注 释

①伫倚危楼：长时间倚靠在高楼的栏杆上。伫，久立。危楼，高楼。

②望极：极目远望。

③黯黯：迷蒙不明，形容心情沮丧忧愁。

④会：理解。

⑤拟把：打算。

⑥对酒当歌：语出曹操《短歌行》"对酒当歌，人生几何"。

⑦强乐：勉强欢笑。强，勉强。

⑧衣带渐宽：指人逐渐消瘦。

⑨"为伊"句：伊，你（指女子）。消得，值得，能忍受得了。

译 文

我久久倚靠着高楼的栏杆，微风细细，极目远眺遥远无边的天际，春日离愁暗生。碧草萋萋，飘忽缭绕的云霭雾气掩映在落日余晖里，谁会理解我默默无言倚靠栏杆的心意。

打算放纵畅饮求一醉，举杯高歌，勉强欢笑却觉得毫无意味。日渐消瘦下去却始终不感到懊悔，宁愿为她消瘦得精神萎靡、神色憔悴。

赏 析

此词作为柳永词的代表作，所写景物都寄托着情思。这首词描写春季景象，突出了词人的离愁别绪。上片写词人登高望远，默默无言；下片写词人举杯畅饮，有感而发，表达了对爱情的忠贞。

上片写词人登高所见的景物。首句描述了词人独上危楼，"风细细"说明了登高时的天气情况，画面充满生机。"望极春愁，黯黯生天际"写词人极目远眺遥远的天际，春日离愁暗生，而那愁绪丝丝缕缕，使人难以理清。接下来一句，词人将春愁寄寓于春草，表明自己对羁旅漂泊生活的极度厌恶，对远方心上人的极度思念，抒发了难以排解的孤寂惆怅。其中"残照"交代了时间。太阳已经落山，只剩下点点余晖，让人伤感。这为"无言谁会凭阑意"一句做了铺垫。词人愁绪满怀，苦无知音，因此离愁变得更加深重。

下片写自己对感情的坚贞。下片第一句中的"拟"字说明词人仅凭一己之力无法消解这绵绵愁丝，于是只好借酒消愁，而且还要喝得酩酊大醉，才能排解心中的愁思。但结果却事与愿违，他只得强颜欢笑，最终兴致全无。结尾两句是家喻户晓的名句，为了心上人纵使容颜憔悴、骨瘦嶙

峋也在所不惜，把词人对爱情的忠贞描写得酣畅淋漓。

此词温婉又不呆板，最后两句成为古往今来恋人们诉说衷肠的绝唱。

采莲令①

原 文

月华收②，云淡霜天曙③。西征客此时情苦。翠娥执手，送临歧④轧轧⑤开朱户。千娇面，盈盈伫立⑥，无言有泪⑦，断肠争忍回顾？

一叶兰舟，便恁急桨凌波⑧去。贪行色⑨岂知离绪，万般方寸，但饮恨脉脉同谁语⑩？更回首、重城不见，寒江天外，隐隐两三烟树。

注 释

①采莲令：《文献通考》卷一百四十六：宋朝循旧制，置教坊，凡四部。皇帝曲宴游幸，教坊所奏乐凡十八调四十大曲，其中第九调为双调，其中有曲，名为"采莲"。可知"采莲令"亦本于教坊曲，此调为孤调，宋代仅存柳永词一首。

②月华收：指月亮落下，天将明。月华，月光，月色。南朝梁江淹《杂体诗·效王微〈养疾〉》："清阴往来远，月华散前墀。"

③云淡霜天曙：孟浩然有句"微云淡河汉，疏雨滴梧桐"，一时叹为清绝。张元幹《芦川词》："月淡霜天，今夜空清坐。"句意与此相似。曙，天明。

④临歧：行至岔路口。古诗中常用"歧路"表现朋友分别的场景。王勃《送杜少府之任蜀州》："无为在歧路，儿女共沾巾。"高适《别韦参军》："丈夫不作儿女别，临歧涕泪沾衣巾。"

⑤轧轧：象声词，开门声。

⑥千娇面，盈盈伫立：柳永《玉女摇仙佩》"争如这多情，占得人间，千娇百媚"。盈盈，言美好貌。《古诗十九首》："盈盈楼上女，皎皎当窗牖。"

⑦无言有泪：柳永《雨霖铃》中"执手相看泪眼，竟无语凝噎"意同此。

⑧凌波：在水面上行走。汉庄忌《哀时命》："势不能凌波以径度兮，又无羽翼而高翔。"

⑨行色：行旅出发前后的情状、气派。刘因《临江仙》："行色匆匆缘底事，山阳梅信相催。"

⑩脉脉同谁语：《古诗十九首》中有"盈盈一水间，脉脉不得语"句，此处化用此句。

译文

明月收敛了光华，云色淡淡，寒天又泛起灰色的曙光。将欲西行的离人，此时的离别使他痛苦难当。一声呀呀的开门声，心上的人儿紧拉着的手，直送到岔路口。她袅袅婷婷地站在那里，那张千娇百媚的面孔上泪水横流，相视无言，这令人肠断的时刻，让人哪里还忍心将她回望？

所乘那一叶扁舟，竟是如此匆忙地驶向远方。它似乎只知道向前赶路，哪里知人心中离恨重重。只能含恨心间，柔情蜜意，此刻能与谁相诉？回头望去，城郭已经无法再见，只隐隐约约能见到三两棵绿树，孤独地挺立在水天相接的地方。

赏析

此词抒发了词人的离愁别绪。上片描绘了分别之时相送的画面，写得情意绵绵，难舍难分。下片写主人公与心上人分别之后的无限怅惘之情，将相思的愁苦表达得淋漓尽致。

上片首先交代了分别的时间是破晓时分，用暗淡的天色渲染了凄清的离别气氛，接着生动形象地描绘了"翠娥"因为离别而苦楚难耐的动人情态和"西征客"既不舍又不忍回看的矛盾心情。其中"盈盈伫立，无言有泪"，与柳永另一首词《雨霖铃》中的"执手相看泪眼，竟无语凝噎"非常相似，刻画了分别前的最后一面，将这一瞬间化为了永恒。

下片描绘了分别后的重重离恨。"便恁急桨凌波去"一句写得极妙，一方面写出了主人公的恋恋不舍，另一方面又把其不得不离去的矛盾心态写得生动感人。词的最后三句用远景作结，使词境变得缥缈朦胧。不单单是心上人已经远离，城郭也已经无法看见，只隐隐约约能见到三两棵绿树。景物萧疏冷清，将人的孤寂心情渲染了出来。频频回首，说明留恋之情浓重。以景作结，妙不可言。

整首词以景开始，再以景结束，情景相融，浑然一体，语言平白浅显，却情意绵长。

浪淘沙慢①

原　文

梦觉、透窗风一线，寒灯吹息。那堪酒醒，又闻空阶，夜雨频滴②。嗟因循③、久作天涯客④。负佳人、几许盟言，便忍把、从前欢会，陡顿⑤翻成忧戚。

愁极。再三追思，洞房⑥深处，几度饮散歌阕。香暖鸳鸯被，岂暂时疏散，费伊心力。殢云尤雨⑦，有万般千种，相怜相惜。

恰到如今、天长漏永⑧，无端自家疏隔。知何时、却拥秦云态，愿低帏昵枕，轻轻细说与，江乡夜夜，数寒更思忆⑨。

注 释

①浪淘沙慢：是词牌浪淘沙的别格，由柳永、周邦彦演制。唐五代所传《浪淘沙》词皆为令词小调，二十八字或五十四字，至柳永则演制为一百三十五字（正体）的长篇慢调。这首词为三片构成的双拽头格式，首片写词人夜半酒醒，忧思难寐；次片追思过往之情事；第三片回到眼下，同时设想将来两人欢会的情景。

②又闻空阶，夜雨频滴：龚颐正《芥隐笔记》中有"阴铿有'夜雨滴空阶'，柳耆卿用其语，人但知为柳词耳"。

③因循：延宕不归，徘徊不去。

④久作天涯客：周邦彦《苏幕遮》"故乡遥，何日去。家住吴门，久作长安旅"，句意与此相似。

⑤陡顿：突然。

⑥洞房：这里并不是指新婚夫妇的卧室，而是泛指幽深的内室。多指卧室、闺房。

⑦殢云尤雨：指男欢女爱，倍极缠绵。

⑧漏永：时间漫长。漏，古代的计时器，即漏壶。永，长。《红楼梦》中《"女儿"酒令》（其一）："展不开的眉头，捱不明的更漏。"正是此意。

⑨"知何时"五句：运意谋篇与李商隐《夜雨寄北》"何当共剪西窗烛，却话巴山夜雨时"相似，由眼前遥想未来，在未来的某一个时段，再回首眼前的场景，到那时，眼前的场景已变成过往的回忆。时空回环交错，妙不可言。秦云，秦云楚雨。司空图《浙江二首》（其一）："丹桂石楠宜并长，秦云楚雨暗相和。"这里借指男女欢爱之事。

译 文

寒风穿透窗户，把我的好梦吹醒，把油灯吹灭。我无法忍受酒醒后的

失落，听夜雨滴在空寂的台阶上，声声作响。感叹命运艰难，长久地在天涯漂泊。辜负了佳人，多少山盟海誓竟成空言，又怎能忍心把从前的两情欢会，突然间变成眼下这忧愁与悲戚。

悲愁已极。再三追忆当年，在洞房幽深之地，多少欢歌畅饮歌舞歇，共眠在芳香温暖的鸳鸯被里。岂知暂时离散，便劳她耗尽心力。欢会缠绵，云情雨意，有万种柔爱，千种亲昵，互相怜爱互相痛惜。

到如今，长夜难眠，独自哀叹别离。不知何时再相聚，重谐秦云楚雨的情意。但愿低垂帏帐，枕前亲昵，轻轻地细细说与她，江畔乡间夜夜孤凄，我怎样数着寒夜的更声将她思忆。

赏析

此词是柳永慢词的代表作。全词共分为三片，上片描述主人公半夜酒醒后的失落，中片是对往日情事的回忆，下片表达了眼下的相思情感。

上片从"梦觉"开始写，之所以"梦觉"，是因为寒风穿透窗户，把油灯吹灭，惊醒了主人公。此时，夜雨滴在空寂的台阶上，声声作响。词人借用"寒灯""空阶"两个意象，表现了主人公的悲凄孤独；然后又用"那堪""又""频"三个表示程度的副词，不断深入，将主人公的孤寂之情推进了一层；接着道出悲凄孤独的根本原因，即命运艰难，长久地在天涯漂泊，辜负了佳人，多少山盟海誓竟成空言。

中片，首句便写"愁极"，之后开始回忆往事，极言二人往日的缠绵悱恻，欢乐美满。此处便说明了主人公半夜惊醒时，为何如此悲伤。

下片，主人公从追忆中抽离出来，开始面对现实。他痛恨自己出游，内心有苦难诉。

此词跟其他柳词相比，容量上有所扩大，细致地再现了主人公的心路历程，而且从多视角、多层次、多方位进行了诠释，具有强烈的感染力。

定风波①

原文

　　自春来、惨绿愁红②，芳心是事③可可④。日上花梢⑤，莺穿柳带，犹压香衾卧。暖酥⑥消，腻云嚲⑦。终日厌厌倦梳裹⑧。无那⑨！恨薄情一去，音书无个⑩。

　　早知恁么，悔当初、不把雕鞍锁。向鸡窗⑪，只与蛮笺⑫象管⑬，拘束教吟课。镇相随，莫抛躲，针线闲拈伴伊坐。和我，免使年少，光阴虚过⑭。

注释

　　①定风波：唐教坊曲名。

　　②惨绿愁红：张孝祥《减字木兰花》中有"惨绿愁红，憔悴都因一夜风"。如果说张孝祥眼中的"惨绿愁红"是由风雨所致，那么柳永眼中的"惨绿愁红"，则更多的是因为心情使然，此正是王国维《人间词话》中所谓的"移情入境""有我之境"。

　　③是事：所有的事。

　　④可可：两可，无可无不可，即不在意、不经心的样子。

　　⑤日上花梢：太阳升起来了，指天已大亮。李吕《临江仙》："日上花梢初睡起，绣衣闲纵金针。"

　　⑥暖酥：本意指乳酪因温度升高而融化，这里比喻女子松软的皮肤。酥，原本指乳酪，这里代指女子白皙的皮肤。黄庭坚《清平乐》："舞回脸玉胸酥。缠头一斛明珠。"

⑦腻云鬟：在古诗词中常用来比喻女子的头发。这里指头发蓬松下垂，未经梳洗。

⑧终日厌厌倦梳裹：《诗经·伯兮》中有"自伯之东，首如飞蓬。岂无膏沐？谁适为容！"两者取意相同。

⑨无那：无奈。

⑩"恨薄情"二句：陈以庄《菩萨蛮》中有"叵耐薄情夫，一行书也无"，都是怨情。

⑪鸡窗：指书斋。《艺文类聚》卷九一引南朝宋刘义庆《幽明录》："晋兖州刺史沛国宋处宗尝买得一长鸣鸡，爱养甚至，恒笼着窗间。鸡遂作人语，与处宗谈论，极有言智，终日不辍。处宗因此言巧大进。"唐罗隐《题袁溪张逸人所居》诗："鸡窗夜静开书卷，鱼槛春深展钓丝。"

⑫蛮笺：唐时高丽纸的别称，亦指蜀地所产名贵的彩色笺纸。宋辛弃疾《贺新郎》词："十样蛮笺纹错绮，粲珠玑。"

⑬象管：象牙制的笔管，亦指珍贵的毛笔。

⑭免使年少，光阴虚过：整首词在谋篇布局上与王昌龄的绝句《闺怨》很相似。"闺中少妇不知愁，春日凝妆上翠楼。忽见陌头杨柳色，悔教夫婿觅封侯。"都突出一个"悔"字。

译文

自从春天来到，只觉得见绿叶凄惨，看红花愁烦，对所有的事漠不关心。太阳照上花树的梢端，黄莺儿穿驰在垂柳枝间，我还压着香被酣眠。柔软白皙的肌肤消瘦，细腻如云的头发散乱，整日里萎靡厌倦，懒得梳妆打扮。无奈，只恨薄情郎这一去，竟毫无音信。

早知如此，后悔当年，没有锁住他的鞍辔。让他对着书窗，只让他展开彩纸，拿起笔管整日把诗词创作，约束他让他吟诵书卷。整日与我相伴，不离左右，我空闲里穿针引线，陪坐在他身边。我们要长厮守，免得

虚度青春年华。

赏 析

此词借思妇口吻，抒发惆怅之情。

上片刻画了早起的思妇形象。自从春天来到，只觉得见绿叶凄惨，看红花愁烦，对所有的事漠不关心，原因是心上人已经许久不来消息。因此，太阳照上花树的梢端，黄莺儿穿驰在垂柳枝间，思妇还压着香被酣眠。词人将"日上花梢，莺穿柳带"与"犹压香衾卧"进行对比，说明思妇心中的愁怨积累已久。上片最后三句交代了原因，即心上人离开太久，音信全无。

下片写思妇的心理活动。早知如此，后悔当年，没有锁住他的鞍辔，使他留在身边，否则也不至于年华虚度，空自惆怅。女主人公只是图一个稳定的生活，然而现实总是不尽如人意，她只能在等待中荒废大好年华。

此词浅显易懂，写思妇的独居生活，跟民歌有相似之处，语言浅近，自然流畅。柳永将"俚词"的创作范围进行了扩大，大大地扩展了词的内容，也增强了其表现力。词中的情感表达得热切豪放，毫无拘束之感，带有明显的市井之气。这也从侧面反映了当时宋代都市的繁华。

少年游①

原 文

长安古道马迟迟②，高柳乱蝉嘶③。夕阳鸟外④，秋风原上，目断四天垂⑤。

归云一去无踪迹⑥，何处是前期？狎兴⑦生疏，酒徒萧索，不似去年时。

注 释

①少年游：最早见于晏殊的《珠玉词》，因其中有"长似少年时"句，于是以"少年游"取为调名。又名小阑干、玉腊梅枝。这首词以"少年游"为名，对少年快意的光阴却不着一字，只是从衰飒、颓唐的晚景写入，有追思，有悔恨，有迷惘。

②长安古道马迟迟：长安古道向来是追名逐利之途，自古而今，车轮辐辏，从不稍歇。陈德武《望海潮》："长安古道长亭，叹马蹄不住，车辙难停。"杨慎《瑞龙吟》："记曲江池上，长安古道，多少愁落愁开，风横雨暴，沈吟无语，时把朱阑靠。"据考，柳永曾有长安之行。马迟迟，言人心萧散失意之至。白居易《立秋日登乐游园》："独行独语曲江头，回马迟迟上乐游。萧飒凉风与衰鬓，谁教计会一时秋。"

③乱蝉嘶：即乱蝉噪。不用鸣、吟、唱来形容蝉的叫声，而着一个"嘶"字，说明词人心境的烦躁。元稹《哭子十首》（其一）："独在中庭倚闲树，乱蝉嘶噪欲黄昏。"

④鸟外：犹方外、世外，具体说可以是京城、闹市之外，抽象说可以是世俗礼法之外。

⑤秋风原上，目断四天垂：原，为长安南郊的乐游原，唐时为长安士女游赏的胜地。李白《登乐游园望》诗："独上乐游园，四望天日曛。"其后一句与"目断四天垂"摹画相似。梅尧臣《闻永叔出守同州寄之》："访古寻碑可销日，秋风原上足麒麟。"此"秋风原上"指的就是乐游原。

⑥归云一去无踪迹：参见晏几道《鹧鸪天》"凭谁问取归云信，今在巫山第几峰"。

⑦狎兴：狎游的兴致。

译文

骑马慢行在长安古道，秋蝉在高高的柳树上凄然鸣叫。夕阳落在长安城之外，秋风萧萧，吹在旷野荒原上。放眼向四处望去，没有人烟，只有旷阔的天空笼罩大地。

往事如云烟，一去后便再无踪迹，不知何时，能再回到从前的好时光。如今寻欢作乐的兴致已经衰减，那些酒友也各自分别，再也不像过去时那样纵情欢乐。

赏析

此词写羁旅之苦，描绘了词人在长安古道上的所见所闻所感，抒发了孤独寂寞的漂泊之情。

上片起首两句写长安古道的凄凉景象，长安古道象征世人追名逐利之路，而词人却用"迟迟"两字，这既表达了词人已对名利不抱任何希望，也蕴含着他对世事无常的感慨。接着说秋蝉在高高的柳树上凄然鸣叫，使人感到无比凄凉。词人还用"乱"来修饰蝉的鸣叫声，说明了蝉声易乱人心绪，侧面反映了词人心情错乱复杂。后面三句写夕阳落在长安城之外，秋风萧萧，吹在旷野荒原上，放眼向四处望去，没有人烟，只有旷阔的天空笼罩大地。置身在如此荒凉的景色之中，词人不由得生起悲凉之感。

下片抒情。"归云"是对所有消失之后难以再现的一切的比喻，叙说往事如云烟，一去便再无踪迹，不知何时能回到从前的好时光。但就算往日再现，恐怕也没有当年那种举杯畅饮、四处游赏的兴致了。现在，词人孤身一人，功业未就，两鬓斑白，只能慨叹一句"不似去年时"。

此词篇幅短小，但用词灵活，寄情于景，虚实相济。与柳永的其他慢词一样，这首词描绘的是秋日之景，情调低沉，意境悲凉，堪称佳作。

戚氏①

晚秋天，一霎微雨洒庭轩。槛菊②萧疏，井梧零乱，惹残烟。凄然，望江关，飞云黯淡夕阳间。当时宋玉③悲感，向此临水与登山。远道迢递④，行人凄楚，倦听陇水⑤潺湲。正蝉吟败叶，蛩⑥响衰草，相应喧喧。

孤馆度日如年。风露渐变，悄悄至更阑。长天净，绛河⑦清浅，皓月婵娟⑧。思绵绵。夜永对景，那堪屈指，暗想从前。未名未禄，绮陌红楼⑨，往往经岁迁延。

帝里⑩风光好，当年少日，暮宴朝欢。况有狂朋怪侣，遇当歌、对酒竟留连。别来迅景⑪如梭，旧游似梦，烟水程⑫何限。念利名、憔悴长萦绊。追往事、空惨愁颜。漏箭⑬移，稍觉轻寒。渐呜咽、画角⑭数声残。对闲窗畔，停灯向晓，抱影⑮无眠。

①戚氏：始见于《乐章集》，为柳永创调，宋人少有填此调者。宋李之仪《姑溪居士前集》卷三十八有《跋戚氏》云："东坡老人自礼部尚书为定州安抚使"，"多令官妓随意歌于坐侧，各因其谱，即席赋咏。一日，歌者辄于老人之侧作《戚氏》，意将索老人之才于仓卒，以验天下之所向慕者，老人笑而领之，邂逅方论穆天子事，颇摘其虚诞，遂资以应之。随声随写，歌竟篇就，才点定五六字尔。坐中随声击节，终日不间他辞，亦不容别进一语，临分曰：足以为中山一时盛事，前固莫与比，而后来者未

必能继也"。《东坡词》中有《戚氏》词，声律与柳永词又有不同。元人丘处机尝填此调，声律、用字又不同于柳词、苏词。丘词首句为"梦游仙"，后人于是以《梦游仙》作为《戚氏》的别名。

②槛菊：栏杆边的菊花。下句"井梧"指井边的梧桐树。

③宋玉：屈原弟子，辞赋家。所作《九辩》有"悲哉，秋之为气也……登山临水兮送将归"句。

④迢递：遥远。

⑤陇水：河流名。

⑥蛩：蟋蟀。

⑦绛河：银河。

⑧婵娟：形容月色明亮。唐刘长卿《琴曲歌辞·湘妃》："婵娟湘江月，千载空蛾眉。"

⑨绮陌红楼：指花街柳巷、歌楼妓馆。

⑩帝里：指都城汴京。

⑪迅景：飞速的光阴。

⑫程：路径，行程。

⑬漏箭：漏壶的部件，上刻时辰度数，随水浮沉以计时。借指光阴。

⑭画角：传自羌族的古管乐器，发声哀厉高亢。

⑮抱影：守着影子。形容孤独。汉庄忌《哀时命》："廓抱景而独倚兮，超永思乎故乡。"晋左思《咏史》之八："落落穷巷士，抱影守空庐。"

译文

深秋的天气，一阵细雨洒落在庭院。栏杆边的菊花稀疏冷落，井边的梧桐黄叶零乱，残雾缭绕如烟。此情此景令人情怀凄惨，远望江海关山，飞驰的暮云昏沉沉，在夕阳余晖中铺展。追思当年此刻，宋玉多情悲感，面对消逝的秋色，曾俯临秋水仰登青山。迢迢千里呵路途遥远，游子心中凄楚悲酸，厌听那陇水的幽咽。正值秋蝉在残败的叶丛里悲吟，蟋蟀在枯

萎的草丛里低唤，混杂之声闹喧喧。

孤单单羁旅驿馆度日如年，只觉秋风寒露渐渐变冷，直熬到更深夜残。辽阔的天空明净无云，银河晶莹清浅，月光明媚娇艳。相思绵绵，夜漫漫对景伤怜，哪忍心屈指计算，暗暗回想从前。没有功名，未享利禄，流连花街柳巷、歌楼妓馆，长年把岁月空拖延。

京城里风光美好，想当时青春少年，只顾得朝朝暮暮宴乐寻欢。何况还有狂放怪诞的朋友和侣伴，相遇时对酒当歌竟流连。离别后光阴飞逝如梭，昔日的游乐情景而今如梦似幻，前路烟波无际，不知何处是边岸。想来全是利禄功名长久地把人纠缠，使人形容憔悴，追怀往事空自愁容惨淡。时间悄悄推移，使人感觉到天气微寒，远方徐徐传来画角呜呜的悲鸣，几声残留的余响在空中荡旋。对着静静的窗沿，停一盏灯直照到曙光东现，守着自己的孤影焦虑不眠。

赏 析

此词是柳永独创的新调之一，分为三片，共二百多字，是宋词中字数仅次于南宋吴文英《莺啼序》的慢词。此词作于湖北省江陵县。当时柳永年过半百，外放荆南，官职卑微，内心无比烦闷。这种烦闷情绪贯串了全词。

上片描绘词人白日里的见闻，起首写雨后初霁的傍晚景色。"晚秋天"点明季节，词人由近及远，首先写驿站内的残败景象，再写驿站外临高所见的景色。"当时宋玉悲感，向此临水与登山"说明此时词人也如宋玉一样登高与临水。"倦听"以下写听到的声音凄凉无比。上片形、色、声兼备，营造了秋天悲凉的氛围。

中片抒发了词人"更阑"时的内心情感。词人首先用"风露""长天""绛河""皓月"等意象烘托愁思之绵长、厚重。接着用"夜永对景"转入对往日美好生活的追忆，点明虽然功名利禄难得，但是有红颜知己相伴左右，孤寂之情尚有寄托，欢喜中好像又有悔意，情感纷乱难辨。

下片是词人对年轻时潇洒自在生活的追忆，并吐露了被名利所困的烦闷。"别来迅景如梭"以下开始写眼前所见的实实在在的景物，用往日生活的欢快，反衬今日处境的孤寂，说明一切苦痛的来源无非名利。未得功名时日夜寻欢作乐，好不畅快；一旦被名利束缚，整日郁郁寡欢，好不凄凉。另外，词人借"漏箭""轻寒""画角"渲染了往事如烟、孤夜难眠的凄凉孤寂气氛。此词以景语结尾，将羁旅之苦表现得淋漓尽致，生动传神。

整首词脉络清晰，以时间顺序展开叙述，先写傍晚，然后写入夜，最后写第二天清晨，句法新颖，富有韵律。词的内容丰富，感人至深。全词结构紧密，抒情自然，融情于景，巧用对比，意境苍凉。此词备受世人推崇，风靡一时。

夜半乐①

原 文

冻云②黯淡天气，扁舟一叶，乘兴离江渚。渡万壑千岩，越溪深处。怒涛渐息，樵风③乍起，更闻商旅相呼，片帆高举。泛画鹢④、翩翩过南浦⑤。

望中酒旆⑥闪闪，一簇烟村，数行霜树。残日下、渔人鸣榔⑦归去。败荷零落，衰柳掩映，岸边两两三三、浣⑧纱游女。避行客、含羞笑相语。

到此因念，绣阁轻抛，浪萍难驻。叹后约、丁宁⑨竟何据！惨离怀、空恨岁晚归期阻。凝泪眼、杳杳⑩神京⑪路。断鸿⑫声远长天暮。

注 释

①夜半乐：王灼《碧鸡漫志》："《夜半乐》，《唐史》云：'民间

以明皇自潞州还京师，夜半举兵，诛韦皇后，制《夜半乐》《还京乐》二曲。"唐崔令钦《教坊记》也载有此曲名，柳永据旧曲名翻成新调。

②冻云：严冬的阴云。唐方干《冬日》诗："冻云愁暮色，寒日淡斜晖。"

③樵风：指顺风、好风。

④画鹢：画有鹢鸟的船，泛指船。

⑤南浦：指送别的地方。

⑥酒斾：酒旗。

⑦榔：用来敲击船舷的木棒，捕深水藏鱼时用之。

⑧浣：洗涤。

⑨丁宁：同"叮咛"。

⑩杳杳：遥远。

⑪神京：北宋都城汴京。

⑫断鸿：失群的孤雁。

译文

严冬的阴云笼罩，天色暗淡。我驾着一叶扁舟，乘兴离开了江边。一路上穿过万壑千岩，行进在古越地的山水之间。怒涛渐渐平息，又正刮起顺风，只听见同船的商旅们相互笑着呼应，船儿也高高挂起风帆。那条画船，轻快地渡过南浦。

远望中，只见酒旗随风招展，有一个水边乡村，有几行秋树围绕。夕阳之下，渔民们一面敲着鸣榔，一面划着返村的渔船。荷花已经残败，衰柳掩映着岸边，有三三两两洗衣女，避开游人们的视线，悄悄笑语交谈。

看到此情此景，忽然勾起我的思念。悔不该抛却闺中的女子，像浮萍一般逐浪漂流不定难停驻。叹息那些相会的盟约，相互间重复的一次一次叮咛，都成空。离别的情怀很是悲惨，只空恨年终归期仍受阻。饱含热泪，遥望归京的道路，只见天色已近黄昏，大雁已飞远。

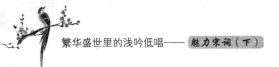

赏析

　　此词共有一百四十多字，是柳词中最长的词调之一。整首词分为三片，写词人在浙江会稽一带泛舟游览的所见所感。上片写途中的经历，中片写途中所看到的景色，下片抒发背井离乡的感叹。

　　上片上来就写天色昏暗，烘托了词人阴郁的心情。第四句笔峰陡转，描绘了"越溪深处"的静谧之景。结尾五句居高临下，将商旅们迎来送往的热闹场景描述了出来。一片之中数次转折，写出了行舟途中景色的变化。中片，词人由远及近，既写了远处的"酒旆""烟村""霜树"，又写了近处的"渔人鸣榔""败荷零落""浣纱游女"，声色兼具，并且用"望中"二字领起，自然而然地引出下片。下片先由景入情：初念抛却佳人，独自流浪，终恨年老归期无望。结尾又由情入景，以景结情。

　　词人将平铺直叙与情景交融的写作手法相结合，将景色描绘得优美动人，扩大了词境。全词清新浅显，多有"俚词"，语言简朴自然，音韵和谐，富有节奏感。

　　柳永擅长铺叙，上、中片写景叙事，笔调不紧不徐，过渡自然，有条不紊，层次分明。下片抒发情感，一发难收，笔调急促雄壮，饱含了悔意与怅恨。通篇起承转合巧妙自然，浑然一体，这是柳永长调的显著特点。

玉蝴蝶①

原文

　　望处雨收云断，凭阑悄悄，目送秋光。晚景萧疏②，堪动宋玉悲凉。水风轻、蘋花③渐老，月露冷、梧叶飘黄。遣情伤。故人何在，烟水茫茫。

难忘。文期酒会④，几孤⑤风月，屡变星霜⑥。海阔山遥，未知何处是潇湘⑦！念双燕、难凭远信，指暮天、空识归航。黯相望。断鸿声里，立尽斜阳。

注 释

①玉蝴蝶：又名玉蝴蝶慢。此调有小令、长调两体，小令始于温庭筠，见《花间集》；长调始于柳永，见《乐章集》。在柳永的词作中，男女恋情是最常见的一种抒情形态。

②萧疏：有寂寞、凄凉之意。

③蘋花：夏秋季开的一种白色小花。

④文期酒会：指文人雅集。

⑤孤：辜负。

⑥星霜：星辰运转，一年一循环；寒霜秋降，一年一轮回。一星霜即一年。

⑦潇湘：古水名，在今湖南。此借指所思之处。

译 文

独自登台远望，只见雨住云散去，静静倚着栏杆，目送消逝的春日光景。黄昏的景色萧条不已，足令多愁善感的文士宋玉体会到悲凉之意。水上风儿轻吹，蘋花渐渐凋谢，月光露气变冷，飘落的梧桐叶已片片枯黄。这情景令人感伤。往日的故人，你们都在哪里？眼前所见的只是烟水茫茫。

实在难忘，当年与朋友们在一起的那些填词赋诗、饮酒放狂的开怀时光。如今辜负虚度了多少大好光阴。山路迢迢，海面宽广，不知你在何处？想到那双飞的燕子，无法凭它们传送远信，暮色苍茫，只辨识得那些归船的桅杆。独自黯然远望，在孤雁的哀鸣声中，眼看着夕阳慢慢沉落。

赏 析

此词用萧条凄凉的秋天景色表达词人对友人的深切怀念。上片写词人登高望远，用"蘋花""月露"等清冷的意象烘托词人的悲秋情怀。下片追忆往日与故友举杯痛饮的欢乐时光，对比如今独自流落天涯，只有孤鸿夕阳陪伴的凄凉境况，凸显了词人的孤单寂寞。

上片先写清秋之景，渲染了孤独的氛围；接着写词人来到高台望远，排解愁思；然后又写傍晚的秋景更加凄凉萧瑟，令人倍感悲凉，自然而然地引发悲秋的慨叹。"晚景萧疏"两句照应上文，词人克制住内心的无尽愁绪，把视线从远方收了回来，开始写近景，择取了秋天的典型性事物，并用"轻""老""冷""黄"四字，将秋天的凄凉景色描绘得活灵活现。"故人何在，烟水茫茫"二句是全词的词眼，总领全文。

下片"难忘"二字使词人想起了当年与朋友在一起的填词赋诗、饮酒放狂的开怀时光，可自从分别以后，斗转星移、几度春秋，辜负了数不清的美好日子。"海阔山遥"一句写山路迢迢，海面宽广，不知朋友在何处。"空"字写出了词人对友人归来的热切期盼。词的结尾用孤雁的悲鸣来烘托孤单惆怅之情，描绘了词人孤单一人在斜阳下久久伫立的画面。

这首词脉络清晰，结构紧密，将词人细腻的情感变化表达得生动具体。同时表现手法通俗易懂，平中见奇，韵味深长，所以能达到雅俗共赏的艺术效果。

八声甘州①

原 文

对潇潇、暮雨洒江天，一番洗清秋。渐霜风②凄紧，关河③冷落，残照当楼。是处红衰翠减④，苒苒⑤物华休⑥。惟有长江水，无语东流。

不忍登高临远，望故乡渺邈⑦，归思⑧难收。叹年来踪迹，何事苦淹留？想佳人、妆楼颙望⑨，误几回、天际识归舟⑩。争知我、倚栏杆处，正恁⑪凝愁。

注 释

①八声甘州：《甘州》为唐教坊大曲，杂曲中也有《甘州子》，属边塞曲。《八声甘州》是从大曲《甘州》改制而成。由于整首词共八韵，故称《八声甘州》，尽管规模比大曲《甘州》小了很多，但仍属慢词。

②霜风：刺骨的寒风。庾信《卫王赠桑落酒奉答》诗："霜风乱飘叶，寒水细澄沙。"

③关河：泛指关塞河川。《后汉书·荀彧传》："此实天下之要地，而将军之关河也。"

④红衰翠减：指花凋叶落。李商隐《赠荷花》："此花此叶长相映，翠减红衰愁杀人。"

⑤苒苒：渐渐。

⑥物华休：景物凋残。

⑦渺邈：遥远。

⑧归思：归家的心情。

⑨颙望：举首凝望。唐李赤《望夫山》诗："颙望临碧空，怨情感离别。"

⑩天际识归舟：此句化自谢朓《之宣城郡出新林浦向板桥》："江路西南永，归流东北骛。天际识归舟，云中辨江树。"

⑪恁：如此，这么。

译 文

面对着潇潇暮雨从天空洒落在江面上，长空洗净，显出寒凉清朗的秋景。凄凉的霜风一阵紧似一阵，关山江河一片冷清萧条，落日的余晖照耀在高楼上。到处红花凋零、翠叶枯落，一切美好的景物渐渐衰残。只有那滔滔的长江水，不声不响地向东流淌。

不忍心登高遥看远方，眺望渺茫遥远的故乡，渴求回家的心情难以收拢。叹息这些年来的行踪，为什么苦苦地长期停留在异乡？想起美人，正在华丽的楼上抬头凝望，多少次错把远处驶来的船当作心上人回家的船。她哪会知道我，倚着栏杆，心中凝结着解不开的愁。

赏析

此词抒发了词人的羁旅思乡之情。上片描写江上秋景；下片由景生情，怀念家乡，思念旧人，感情层层递进，写得深沉动人。此篇佳句颇多，曾得到苏东坡的青睐。

首句中"对"字总领全文。主人公登楼望远，入目是一派萧瑟秋景：凄凉的霜风一阵紧似一阵，关山江河一片冷清萧条，落日的余晖洒在高楼上。这几句景中有情，情景相融。"渐霜风凄紧"中的"渐"字描绘出了暮雨过后景色的变化；"紧"字道出了景物的悲凉。接着，词人用"冷"字逐步推进，展现了寂廖、凄凉的秋景。"是处红衰翠减，苒苒物华休"写到处红花凋零、翠叶枯落，一切美好的景物渐渐衰残。此处视角发生了改变，由向上看转到向下看，词的格调也发生了变化，由雄浑变为细腻。"惟有长江水，无语东流"是写人生哲理。词人以长江为例，以不变对比万变，以无限对比有限，发出了难以言喻的感慨。

下片紧承上片，描写思乡之人登上高楼，向故乡的方向望去，迫切希望能够回归故里。这时主人公的描写角度改变了，由自身联想到了家乡的恋人，想象她也与自己一样登楼远望，屡次认错归船，把远方驶来的船误作他归家的船。如此思归之苦，感人肺腑。

此词意境深远，寄情于景，把一个天涯游子的思愁描述得明白晓畅。

迷神引①

原 文

　　一叶扁舟轻帆卷。暂泊楚江南岸。孤城暮角②，引胡笳③怨。水茫茫，平沙雁、旋惊散。烟敛寒林簇，画屏展。天际遥山小，黛眉④浅。

　　旧赏轻抛，到此成游宦。觉客程劳，年光晚。异乡风物，忍萧索、当愁眼。帝城⑤赊⑥，秦楼⑦阻，旅魂乱⑧。芳草连空阔，残照满。佳人无消息，断云⑨远。

注 释

　　①迷神引："引"常常是一首乐曲的序曲。宋晁补之也填过该调，清《词谱》以柳永"红板桥头秋光暮"为正体。这是一首典型的羁旅行役之词，是柳永五十岁后宦游各地的心态写照。

　　②角：画角，古代军中乐器。

　　③胡笳：古代北方民族使用的管乐器。

　　④黛眉：形容远山。

　　⑤帝城：指汴京。

　　⑥赊：距离远。

　　⑦秦楼：歌楼。这里指欢爱的人所在之处。

　　⑧旅魂乱：在仕途上奔波的征人心情沮丧。魂，情绪。

　　⑨断云：片云。南朝梁简文帝《薄晚逐凉北楼回望》诗："断云留去日，长山减半天。"

译文

一叶小舟上轻帆舒卷，临时停泊在楚江岸边。孤城中传来阵阵角声，又引出一曲胡笳的哀怨。江水茫茫，沙滩上栖息的大雁也在顷刻间被这号角声惊散。一丛丛寒林中，烟雾已收，如画屏铺展。天边遥遥，群山显小，如同黛眉浅浅。

轻易地离开心上人，为做官漂泊辗转。深感到旅途劳顿，皆因已过中年。异乡风物如画，怎奈我胸怀愁闷，看上去竟是如此萧索凄惨，直让忧愁遮住了双眼。京城遥远，归途难返。那歌楼舞榭、旧日欢爱也隔绝在千里之外，羁旅他乡，心神迷乱，愁绪绵绵。芳草萋萋伸向天边，夕阳斜照，余晖将大地铺满。自离开京城，佳人杳无音信，那往日的旧情，如同断云飘忽飞远。

赏 析

创作这首羁旅词时，柳永已年过半百，仍辗转宦游各地。全词表现了柳永不得志而又无可奈何的哀怨之情。

词的起句写柳永宦游途经楚江，天色已晚，收起风帆，临时停泊在楚江岸边。"帆卷""暂泊"不但抓住了舟行的特点，而且从侧面说明了旅途之辛苦。接着词人对楚江暮景展开了描述。"孤城暮角，引胡笳怨"，孤城中传来阵阵角声，又引出一曲胡笳的哀怨。词人被傍晚的凄清景色所感染，羁旅漂泊之感油然而生。紧接着从"水茫茫"到"黛眉浅"，写江水渺茫、平沙落雁、烟笼寒林、远山浅淡之景。画面自然流转，烘托了词人孤单寂寥的哀怨之情。上片景物描写采用平铺直述的手法，寓情于景，自然流畅，让人感同身受。

下片开头两句直抒胸臆，表达了羁旅宦游之愁，紧接着将情感细化，逐层铺叙。"觉客程劳"两句，是写羁旅之苦；"异乡风物"两句，是写旅途愁绪满怀；"帝城赊"三句，是写念远感怀的心境。"旧赏"和"游宦"

不能同时拥有，只得轻抛"旧赏"。"帝城赊"是说由于宋朝官员晋升制度严格，地方官想要一跃成为京官，困难重重，所以词人说京都是遥不可及的。"秦楼阻"是说宋朝严禁朝廷命官与歌伎来往，不然会被同僚弹劾，于是词人便远离秦楼楚馆。"芳草连空阔，残照满"写眼前之景，隐喻了阻隔，抒情中突现景物描写，使词句变化多端，妙趣横生。结句"佳人无消息，断云远"，进一步照应了前文中的"秦楼阻"，隐喻往日的旧情如同断云飘忽飞远。

　　整首词表达了词人对早年生活的向往和对宦游的厌烦之情，我们能从中感受到词人在痛苦矛盾中挣扎的内心世界。此词是词人个人生活的写照：少年仕途不顺，滞留京都，寄身秦楼楚馆，寄情歌舞坊曲；中年虽入官场，无奈不得重用，又被迫远离帝城，悲愤之情难以排解，心中有苦难诉。这首词上片写"暂泊"的忧愁，下片写"游宦"的苦楚，词人的忧愤之情一吐而出，可以说是浑然天成，词意深远。

竹马子①

原　文

　　登孤垒荒凉，危亭旷望，静临烟渚。对雌霓②挂雨，雄风③拂槛，微收残暑。渐觉一叶惊秋④，残蝉噪晚，素商⑤时序。览景想前欢，指神京，非雾非烟深处。

　　向此成追感，新愁易积，故人难聚。凭高尽日凝伫，赢得⑥消魂⑦无语。极目霁霭⑧霏微，暝鸦零乱，萧索⑨江城暮。南楼画角，又送残阳去。

注　释

　　①竹马子：词牌名，又名竹马儿。

②雌霓：虹双出，色鲜艳者为雄，色暗淡者为雌，雄曰虹，雌曰霓。

③雄风：猛烈的风。宋玉《风赋》："此所谓大王之雄风也。"

④一叶惊秋：《淮南子·说山训》有"见一叶落而知岁之将暮"。

⑤素商：秋日。因为秋色尚白，音属商，故名。梁元帝《纂要》："秋日素商，亦曰高商。"

⑥赢得：剩得。

⑦消魂：销魂。江淹《别赋》："黯然销魂者，唯别而已矣！"

⑧霁霭：雨晴后的烟雾。

⑨萧索：萧条。

译文

登临孤零零的荒凉营垒，站在高高耸立的亭台，放眼远望，静静地凝视那笼罩雾气的水中沙洲。一道雌霓挂在天空，伴着淅淅沥沥下起的雨，一阵狂风吹拂栏槛，些微驱走了残夏的余热。惊异于一片黄叶飘落，渐觉秋日的来临，晚暮时分，秋蝉格外卖力地鸣噪，这一切已是清秋时节的景象。观览眼前景物，想起往日与故人欢聚的情景，挥手指京都，那似烟非烟、似雾非雾的深幽的所在。

面对此情此景，过去的一切成了伤感的追忆，新愁容易堆积，旧友却难以再聚首。登高凭栏，终日里痴痴地静立凝望，剩得只是销魂落魄，静默无言。极目远眺，雨后晴云，霁霭迷蒙，天将黑，暮鸦归巢，噪声凌乱，萧条冷落的江城，笼罩在一片暮色之中。此时此刻，南城传来哀厉高亢的画角之音，送那一抹残阳落下。

赏析

此词为柳永的自度曲，从意蕴的角度来说，应归类于柳永的雅词。这首词既抒发了词人的离别之愁，也是对封建文人命运的慨叹。整首词的感

情基调阴郁深厚，所呈现的景象雄壮凄凉。词人将荒凉营垒和夏秋交替之时的特有景象融合在一起，抒发了壮士悲秋的感慨。

"雌霓"是光泽稍暗的虹。"雄风"是指强劲的风。这两个词语文雅精致，呈现了夏秋交替之时，阵雨过后的特有现象。"孤垒""烟渚"营造了雄壮凄凉的氛围，"渐觉"两字引出了词意的变化，"一叶惊秋，残蝉噪晚"则是入秋的预兆，"素商"最终点明秋季的到来。接着由悲秋转为伤离，即"览景想前欢"。从"前欢"一词推断，词人所思念之人应是与其交往频繁的汴京歌伎，但是往事如烟，汴京远在天涯，一朝一夕难以到达。

上片的结句已经从描写景物渐渐向抒发情感发展，下片便接着写"想前欢"的心情。词人并没有对"前欢"的具体情事进行描述，而仅仅描绘了自己思念的痛苦情状，"新愁易积，故人难聚"，把这种痛苦写到了极致。分别之苦已令人哀伤，一想到过去的一切成了伤感的追忆，就倍添新愁。由于山水相隔，相聚无期，新愁便更易淤积，以至让人痛彻心扉。"易"和"难"一方面形成了对比，另一方面又有因果关系。"尽日凝伫""消魂无语"惟妙惟肖地把词人离愁难解的情状表现了出来，也反映了词人对故人思念之情的浓重，并把这种情感推向高潮。最后词人巧妙地用"霁霭""暝鸦""画角""残阳"等萧条意象烘托了离愁别绪。尤其是结尾"南楼画角，又送残阳去"两句，意境深远，把羁旅愁绪延伸为对人世兴衰的慨叹。

此词虚实结合，情景交融。上片前九句描写景物，是实写；后三句抒发情感，是虚写。词人巧妙地抓住季节变化，渲染了独特的秋日气氛，为全词的抒情做了铺垫。下片前五句抒发情感，是虚写；后五句描写景物，是实写，以景作结，韵味无穷。这种新颖的结构安排，不仅让这首词灵动多变，更展现了词人微妙的情感变化过程。全词脉络清晰、结构严谨，属长调慢词中的佳作。

晏几道

晏几道（1038—1110年），字叔原，号小山。抚州临川（今江西抚州）人。晏殊之子。由恩荫入仕，曾任太常寺太祝。宋神宗熙宁七年（1074年）受郑侠案株连而入狱。获释后曾任颍昌府许田镇监官、开封府推官等。他出身名门贵族却仕途坎坷，困顿潦倒又疏狂孤傲。他的词多写一见钟情的爱恋与一厢情愿的凄苦，缠绵悱恻又伤感无奈，使小令的艺术技巧臻于炉火纯青。与其父晏殊齐名，世称"二晏"。著有《小山词》一卷。

临江仙

原 文

梦后楼台高锁，酒醒帘幕低垂。去年春恨却来时，落花人独立，微雨燕双飞①。

记得小蘋②初见，两重心字罗衣③。琵琶弦上说相思④。当时明月在，曾照彩云归⑤。

注 释

①"落花"二句：语本五代翁宏《春残》诗"又是春残也，如何出翠帏。落花人独立，微雨燕双飞"。

②小蘋：歌女的名字。

③心字罗衣：用一种心字香熏过的罗衣。这里含有深情蜜意的双关意思。

④琵琶弦上说相思：与白居易《琵琶行》"低眉信手续续弹，说尽心中无限事"取意相同。

⑤彩云归：李白《宫中行乐词》有"只愁歌舞散，化作彩云飞"句。又，白居易《简简吟》："大都好物不坚牢，彩云易散琉璃脆。"彩云，这里指歌女。

译 文

　　酒醉梦醒时人去楼空楼台紧锁，帘幕低垂。回想起去年春天离别之恨时，也是这样一个人孤独地站在落花丛中，呆呆凝望细雨中双飞的燕子。

　　记得与歌女小蘋初次相见，她穿着绣着两重用心字香薰过的罗衣。通过琵琶的弹奏诉说出自己的相思。当初相见时的明月如今犹在，它曾照着像彩云一样的小蘋归去。

赏 析

　　此词是追忆往事，怀念远人的佳作，当为词人与歌女分别后所作。词的上片描绘了酒醉梦醒，细雨落花的情景。下片回忆"初见"与"当时"的境况，表达了词人对恋人的怀念之情和自身的孤独寂寞之感。整首词既怀人，也抒发了世事变迁、聚散无常的惆怅之情。

　　上片一、二句中的"梦后""酒醒"相互照应，写眼前所见的真实景象，对仗工整，意境深远。"楼台"应是词人昔日与故人宴饮之地，如今已然物是人非。词人孤身一人居住，每当夜深人静之时，倍感寂寞难耐，无聊至极。这种空寂之感，是词人内心世界的写照。第三句转写往事。一样的暮春时节，一样的让人烦忧的情思萦绕在心间。"落花""微雨"原是清新、美丽之景，此词中却是残败的意象，说明美好的春景已然到了尽头，伤春之情自然而然生发出来。而双飞的春燕更反衬出人的孤苦伶仃，由此引发了春恨之情，以至于词人酒醉梦醒之后，细细回忆，感伤不已。上片末尾二句，"落花"与"微雨"对应，"人"与"燕"对应，"独立"与"双飞"对应，写得工丽自然，凄婉隽永。

过片起承上起下的过渡作用。"初见"二字，用意颇深。萦绕在脑海中的仍然是与故人第一次见面的情形，那时她"两重心字罗衣""琵琶弦上说相思"。这里的"两重心字"隐喻两人一见倾心，后来情投意合。故人因为初次相见而略显娇羞，倾慕之情无法诉之于口，只好借琵琶之声来诉说心中的爱意。弹者有情，听者有意。结尾两句词人宕开一笔，写别后情思。词人以"明月"起兴，与第一句中的"梦后"相互照应，当初相见时的明月如今犹在，可是物是人非。酒醉梦醒，明月依旧，彩云却不知去向。词人独处空寂之中，可思念盈怀，其情之痴，让人感叹。

此词是晏几道的代表作之一。内容是对过去欢乐生活的追忆，是常见的写作题材，并暗含了飘零的身世之感；在艺术表现上，它有小山词特有的温婉稳重的格调。此词是婉约词中的经典。

蝶恋花

原 文

梦入江南烟水路，行尽江南，不与离人遇。睡里消魂无说处，觉来惆怅消魂误。

欲尽此情书尺素①，浮雁沉鱼②，终了无凭据。却倚缓弦歌别绪，断肠移破③秦筝④柱。

注 释

①尺素：古人将书信写在尺许长的绢帛上，故以尺素代指书信。

②浮雁沉鱼：古人认为鱼、雁能够传书，雁浮鱼沉，书信便无从传递。

③移破：移遍。

④秦筝：古秦地所用的一种弦乐器。

译 文

梦中走向了烟水迷蒙的江南路，走遍了江南大地，也未能与离别的心上人相遇。梦境里黯然销魂无处诉说，醒后惆怅不已全因被梦所误。

想诉说我的相思提笔给你写信，但是雁去鱼沉，最终这封信也没能寄出。无可奈何缓缓弹起秦筝抒发离愁别绪，可是曲子弹遍了也难把怨情抒。

赏 析

这首词上片写梦中相思，下片抒发梦醒后的感悟。整首词语言明白晓畅，而情感逐层推进、跌宕起伏，所以深沉有力。

上片写梦中难觅佳人。前三句，是说词人在梦中到了烟水迷蒙的江南，走遍了江南大地，也未能与离别的心上人相遇。"行尽"二字，极言梦境倏忽与寻找之苦，而这场寻觅之旅是梦中无意识的行为，可见思念之情已达无法纾解的程度。"烟水路"三字描摹出江南景物的特点，使梦境显得更加优美。两句"江南"叠用，增强了情感表达的力度。"睡里消魂无说处，觉来惆怅消魂误"两句尤为出彩，梦境里黯然销魂无处诉说，醒后惆怅不已全因被梦所误。"消魂"二字，也是前后叠用，但重叠中，词意更深一层，比"江南"一词的叠用更加曲折。这种递进的句法，新颖别致。

下片转写寄书信。前三句，说的是即使写好了书信也不知怎么寄出，就算寄了出去也难得到回信。相思的情意，真是达到了无以慰藉、无处诉说的程度了，于是词人只好寄情于音乐。结拍两句"却倚缓弦歌别绪，断肠移破秦筝柱"，秦筝其弦、柱数目都为十三，每根弦上都有柱，起支撑作用，柱左右可以移动调节音调，弦急则音调高，弦缓则音调低。词人通过"缓弦""移柱"描写内心活动，抒发难遣的悲愁，真是妙不可言。

此词淡而有味、浅而有致，韵味绵长。

鹧鸪天①

原 文

彩袖②殷勤捧玉钟③，当年拼却④醉颜红。舞低杨柳楼心月，歌尽桃花扇底风。

从别后，忆相逢，几回魂梦与君同？今宵剩把银釭照，犹恐相逢是梦中⑤。

注 释

①鹧鸪天：唐五代词中无此调，首见于宋祁之作，至晏几道多为此调。《词苑丛谈》云，调名取自唐郑嵎"春游鸡鹿塞，家在鹧鸪天"诗句。但杨慎《词品》认为此说未必确实。因贺铸词中有"化出白莲千叶花"句，故名《千叶莲》，又因其有"梧桐半死清霜后"句，又名半死桐等。

②彩袖：指歌女。

③玉钟：酒杯。

④拼却：甘愿，任凭。

⑤"今宵"二句：从杜甫《羌村》诗"夜阑更秉烛，相对如梦寐"两句化出。剩把，尽把。银釭，银灯。

译 文

回忆当年你手捧玉盅把酒敬，我举杯痛饮不顾酒醉脸红。纵情跳舞，直到楼顶月挨着树梢向下行；尽兴唱歌，使得桃花扇疲倦无力不扇风。

自从离别后，总想重相逢，多少次，与你一样梦见重逢？今夜我只管拿起银灯久久照看你，只害怕这又是虚幻的梦中境。

赏 析

此词叙述的是一对爱人从初见，别离到最后重逢的故事。整首词只有五十几个字，却营造了两种境界，虚实结合，浑然一体。全词浓墨重彩，音韵和谐，足见词人高超的艺术功力。

"彩袖殷勤"二句，以对方起笔，以自身收笔，一方面呈现了两人初次相识时的特定情境，另一方面揭示了两人一见钟情、互托终身时的复杂心境。"彩袖"说明对方是侑酒于华宴的歌女，是风月场所中人，与自己门第悬殊。但此时伊人频频催杯劝饮，却不单单是履行侑酒的责任，也是在表达自己的情意。而此时的词人已情意相通，为了回应对方，他频频举杯畅饮，就算喝醉了也在所不惜。这两句写出了词人与情人的双向情感交流。"舞低杨柳"二句描绘了喧闹的歌舞场面，烘托了欢快的氛围，是对二人情意的进一步深化。词人不直接写伊人的婀娜舞姿、优美动听的歌声，而从时间变化着笔，侧面表现其美妙姿态，显得婉转别致。这两句精美华丽，构思新颖，于浓艳绮丽中见清秀之美，深受后人推崇。

下片笔锋陡转，写分别后的相思之情，词人省略二人的交往不谈，剪裁大胆。"从别后"二句交代初次见面的场景是其别后怀念的主要内容；"几回魂梦"直接诉说绵绵的相思之情；"与君同"表明不只是自己这样，对方也常梦见自己，日有所思，夜有所梦，可见对方对自己也无比思念，但梦中重逢的喜悦何其短暂，梦醒后，孤枕凉席更觉怅惘凄凉。如此反复，想梦却怕梦，乃至混淆了梦境与现实。于是引出"今宵"二句。"剩把""犹恐"前后照应，通过写拿灯久久照看而仍然难以确信，将这一对思念至深的情人久别重逢的喜不自胜，又由喜转忧的复杂心理刻画得细致入微，也只有思念至深才会害怕又是空梦一场吧。

整首词文笔委婉，用语华丽，活泼精巧，足见小山本色。

生查子

原 文

关山魂梦长，塞雁音尘少。两鬓可怜青，只为相思老。

归傍碧纱窗，说与人人①道："真个别离难，不似相逢好。"

注 释

①人人：为宋时口语，指所爱的人。欧阳修《蝶恋花》词："翠被双盘金缕凤，忆得前春，有个人人共。"

译 文

荒芜凄凉的关山路远魂梦长，边塞的雁稀书信少。可惜我两鬓秀美的青丝，只因为日日盼望、夜夜相思而渐渐变白了。

我靠在碧纱窗下思人入梦，梦中悄悄对爱人说："那别离的凄苦真是难耐，哪有团聚在一起好度时光。"

赏 析

此词抒发了词人的怀归思亲之情。

上片写思归，首句道出了词人思归的原因。他远涉关山，忽感孤独落寞，不禁产生了对家乡及亲人的思念，无奈归路被山水阻隔，遂怨关山太长；又因无法收到亲人的消息，所以怨恨传书的大雁数量稀少。词人用痴语抒写真情，令人慨叹。"两鬓"二句写词人闲时揽镜自照，只见两鬓秀美的青丝，只因为日日盼望、夜夜相思而渐渐变白了，此处运用了夸张的修辞手法，饶有情趣，足见其性情。

下片写梦回，是想象中的景象。词人思乡情切，所以"归傍碧纱窗"，梦里和心上人在闺阁相聚，深感宽慰，于是向心上人倾诉衷肠："那别离的凄苦真是难耐，哪有团聚在一起好度时光。"此处是词人由心底发出的一句实话，更是词人用情至深的真率表露。

整首词语言朴素直白，但雅而不俗，用简单的词句表达痴情，真实而亲切，平淡中见其韵味。

木兰花

原 文

东风又作无情计，艳粉娇红①吹满地。碧楼帘影不遮愁，还似去年今日意。

谁知错管春残事，到处登临曾费泪。此时金盏直须深，看尽落花能几醉②。

注 释

①艳粉娇红：形容春花的美好。

②"此时"二句：化用唐人崔敏童《宴城东庄》"能向花前几回醉，十千沽酒莫辞频"句意，另外与韩偓《惜花》"临轩一盏悲春酒，明日池

塘是绿阴"立意亦同。金盏，华美的酒杯。直须，尽管。

译 文

东风再次无情了一次，将满树的鲜花给吹落满地。阁楼上的帘幕也不能遮挡住愁绪，心情还是和去年一样。

暮春花落本是自然，我却怜春惜花徒然多事。每当登临游春，我都为落花流泪，想来都是庸人自扰。倒不如痛饮美酒，在落花残尽之前陪落花再陶醉几番。

赏 析

此词表达伤春惜花之情。

上片写东风冷酷无情，吹落"艳粉娇红"。第一句"东风又作无情计"交代了词人伤春的缘由。词开头气势雄伟，笔力雄健，词人运用拟人的修辞手法，赋予"东风"以人的情感，说其冷酷无情，将春花吹落。"又"字，说明东风无情，但是人有情，表现了词人心中的愁怨之深，此意贯串全篇。接着"艳粉娇红吹满地"，正面描绘落花，"艳粉娇红"不但描绘了花的颜色，而且写出了花的姿态，如同美人一样。词人用浓重的笔墨写花之美，也就更加反衬出"吹满地"的凄惨之状，花团锦簇转眼间消失殆尽，让人胆战心惊。"吹"照应上文"东风"，更深一层地写出了东风的无情。"碧楼"二句交代词人居身阁楼，透过珠帘瞥见东风把春花吹得落满地，于是又嗔怪帘幕也不能遮挡住愁绪。这里既怨东风，又怨珠帘，实则为词人的痴语，可见其伤春至深，只能借恼怨表达深深的愁苦。"不遮愁"三字形象生动，景既不能阻挡忧愁，愁自然由心中升起。"还似去年今日意"一句语言直白浅显却情意款款，"还似"二字，照应第一句中的"又"字，是说红残绿暗之景和春残春去的愁情，不是突然而发，而是积年已久，这样写情意更加绵长，语意更加深重。

下片写惜花之情。"谁知"二句抑扬顿挫,从上片恼怨东风、珠帘,突然笔锋调转写自恼自怨。"错管"二字是写词人害怕落花被人践踏,遂登山临水管理起了暮春残花。看似在自责"错管",实则是写有情。然而鲜花败落,阳春归去,不是人力能挽回的,怜花惜春只是多此一举罢了。这种怨悔的背后,是深深的悲伤。至此,极言词人的恼怨,词人陷入自责自怨之中。然后"此时"二句转折一笔,"金盏直须深"写词人借酒消愁,伤春惜花费泪是徒劳的,不如临花饮酒,表面写其旷达,实则述说内心的痛苦,较惋惜更进一层。鲜花凋谢,在埋入污泥、随波逐流之前,"吹满地"的"艳粉娇红"还可让人怜悯,但是这种景象也会很快消失,又能够怜悯几时呢?在"直须深"的连声呐喊中,藏着无计留春、悲情难诉的苦痛,以此作结,顿显含蓄委婉。这两句明朗显豁,词意隽永。

整首词深婉清劲,沉痛悲怆之情溢于纸上。

清平乐

留人不住,醉解兰舟去。一棹碧涛春水路,过尽晓莺啼处。

渡头杨柳青青,枝枝叶叶离情①。此后锦书②休寄,画楼云雨无凭③。

①"渡头"二句:从刘禹锡《竹枝词》"杨柳青青江水平,闻郎江上唱歌声。东边日出西边雨,道是无情却有情"中化出。

②锦书:即锦字书。《晋书》载,前秦窦滔妻苏蕙寄给丈夫锦字回文诗。

后多用以指情书。

③云雨无凭：用宋玉《高唐赋》写神女的典故，指行踪不定。

译 文

我苦苦留他不住，他在醉中解缆随着兰舟远去。我望着他的船划出碧波漫漫春江路，一直过尽黄莺啼叫处。

渡口上一排排杨柳青青，枝枝叶叶都渗透着我的离情。此地别后书信不要再寄，画楼欢情已化作一场春梦，都是虚幻，了无痕迹。

赏 析

此词表达了词人的离愁别绪。

开头"留人不住"写主人公极力挽留，道出了居者、行人的两种截然不同的情感：一个苦心挽留，一个决绝离去。"醉解兰舟去"说行人在醉中解缆随着兰舟远去。"留"而"不住"为下文埋下了伏笔。"一棹碧涛春水路，过尽晓莺啼处"两句是词人想象中行人路途上所见的美景：碧波漫漫，黄莺啼叫，风光无限。上片以乐景衬托行人欢快的心情，反衬出居者的孤独落寞。

下片一、二句化自刘禹锡《竹枝词》的诗意，写兰舟消失在视线中后，渡头只留下青青杨柳。这既是眼前之景，也是带有词人感情色彩的景物。词人因为分别而感到孤单落寞。"枝枝叶叶"也寄托了"离情"，在风中起舞的柳枝也将词人的孤独与怅惘推向高潮，所以生发出"此后锦书休寄，画楼云雨无凭"的断然之词。事实上，这只是词人的负气之语，痴情的词人怎么能忘记两人一起度过的欢乐时光呢。正是因为心上人离去得如此决绝，词人才心生怨憎，一时情绪激动，说出如此决绝的话，反衬出词人对心上人的用情至深，难以割舍。最后两句用埋怨表达深情，表现了词人因情难割舍而生发出的种种矛盾之情。

整首词景中有情，融情于景，景物越绮丽则悲情越深，手法奇巧。

阮郎归①

原文

旧香残粉似当初，人情恨不如。一春犹有数行书，秋来书更疏②。

衾凤③冷，枕鸳④孤。愁肠待酒舒。梦魂⑤纵有也成虚，那堪和梦无！

注释

①阮郎归：《神仙记》云："刘晨、阮肇入天台山采药，遇二仙女，留住半年，思归甚苦。既归，则乡邑零落，经已十世。"调名本此，又名《碧桃春》《醉桃源》《濯缨曲》《宴桃源》等。

②疏：少。

③衾凤：绣着凤凰的被子。

④枕鸳：绣有鸳鸯的枕头。

⑤梦魂：离开肉体的灵魂。唐刘希夷《巫山怀古》诗："颓想卧瑶席，梦魂何翩翩。"晏几道《鹧鸪天》词："春悄悄，夜迢迢。碧云天共楚宫遥。梦魂惯得无拘检，又踏杨花过谢桥。"

译文

旧日用残的香粉，芳馥似当初，人儿的情意淡了，反恨不如。一个春天还寄来几行书信，到了秋天书信越见稀疏。

绣凤被儿冷，鸳鸯枕儿孤，郁郁愁肠只待酒来宽舒。梦魂儿纵然有相逢也是虚无，怎忍受连想做个虚幻的梦儿也做不成。

赏析

　　此词是一首闺怨词。词人运用层层递进的手法，把人物的情感渐渐推向高潮，从而表达了一种难以排解的深深的苦痛之情。

　　上片一、二句将物与人相互比照来写，是说过去用的香粉虽已残旧，但仍是旧物，而当初的情怀，由于分离时间之长与路途遥远而渐渐冷淡。上片歇拍两句，起承上启下的作用，说明人不如物、今不如昔的现状，即行者的来信渐渐稀疏。上片四句，睹物思人，追昔伤今，抒发了女主人公对行人情薄的怨恨之情。词的下片调转笔锋开始写女主人公夜间辗转反侧，难以入眠的愁思，极言其境遇的悲凉与相思的苦楚。

　　过片两句，写女主人公把情感寄托在具体的物象上。"衾"与"枕"寄寓了女主人公凄凉、孤独的主观情感。"凤"与"鸯"有象征意义，以凤凰失去伴侣、鸳鸯成单，暗喻女主人公的处境已经时过境迁，不似从前。"愁肠"一句，是说其在愁肠百结的时候希望借酒消愁，这也许是唯一的消愁办法。但此处只说明"待酒舒"，想必不是真的进入醉乡，而酒未必真的能消愁。

　　最后两句，写主人公酒后的无奈与惆怅。虽然已经分离，但是往事仍历历在目，相聚无期，只奢望能与行人于梦中相见。尽管梦境虚幻，梦醒后又更加孤独难耐，但梦里若能再见，也算得上一种宽慰吧。但是，让人伤悲的是，虽然思念成病，但终难成梦，连这一点儿宽慰也无法得到，真是让人难以释怀。最后两句采用逐层递进的写作手法。上句已说明梦境是假的，好像有无梦境皆可，其实是故作旷达，将女主人公失望之情描摹得活灵活现。看完下句再回看上句，才明白上句是铺垫，是为下一句服务的，也就是未发先敛，欲笑还颦，从而达到跌宕起伏、一波三折的效果。

　　这首词语句婉转，意蕴深厚，将女主人公的满腹怨情抒发得酣畅淋漓，读来感人至深。

六幺令①

绿阴春尽，飞絮绕香阁②。晚来翠眉③宫样，巧把远山④学。一寸狂心未说，已向横波⑤觉。画帘遮匝⑥。新翻⑦曲妙，暗许闲人带偷掐⑧。

前度书多隐语，意浅愁难答。昨夜诗有回文⑨，韵险还慵押。都待笙歌散了，记取留时霎。不消红蜡。闲云归后，月在庭花旧阑角。

①六幺令：原唐教坊曲名，后用作词调。宋王灼《碧鸡漫志》："此曲拍无过六字者，故曰'六幺'。"《燕乐考原》认为："幺"指细小而繁急之声调，此曲共用六种幺调。又名《绿腰》《乐世》《录要》。

②香阁：闺房。

③翠眉：古代女子以青黛画眉。

④远山：指眉。

⑤横波：形容眼神流动。傅毅《舞赋》："眉连娟以增绕兮，目流睇而横波。"

⑥遮匝：周围都被遮盖。

⑦翻：谱写。白居易《残酌晚餐》："舞看新翻曲，歌听自作词。"

⑧偷掐：暗地里学习弹奏乐曲。掐，掐记，即以手指叩弦而记其声调。

⑨回文：指诗中的字句回环往复读，皆可成诗。

绿荫渐浓，春色渐尽，柳絮绕着香闺飘飞。天色已晚时，一位女子精心地描画双眉，学那宫中的远山之形。她的心意虽未明说，但眼波已透露出春情。画帘遮住院子，将好曲拿出来练习，也不在乎别人偷偷学艺。

上次来信多是语言含糊，让我难以领会，不知何以答复。昨夜时和他一首回文诗，甚至懒押险韵，怕思考费神。等那笙歌宴乐全散以后，请记住暂留一下。不须点烛，天晚以后，在庭院栏杆老地方的角落，一轮明月照花圃。

赏 析

这首词写一名歌女和心上人约会的情事，词人通过细腻的笔触，将女主人公的心理生动地展现了出来，表现了女主人公对爱情的向往和爱而不得的哀伤，流露出词人深深的同情。上片叙事，写女主人公梳妆、描眉、翻曲；下片抒情，写女主人公没有回信，希望宴会结束后能在老地方约会。

开头两句点明季节是晚春、地点是"香阁"，词人想象奇特，以柳絮"绕香阁"巧妙地衬托出女主人公即将与心上人见面的紧张、兴奋的心情。接下来的两句写女子精心地描画双眉，学那宫中的远山之形。"巧把远山学"表现了她的刻意和用心，这一方面是因为工作需要，而更重要的是今晚要见心上人，所谓"女为悦己者容"，侧面体现出女主人公对心上人的喜爱和对见面的看重。"一寸"两句生动地体现了女主人公认真的神态。化装已毕，她走到宴会厅进行表演，心意虽未言明，但"已向横波觉"。其中"向"和"觉"字极为传神，暗示她的心上人就在宴会中，她一看到，眼波就向他传情，这位席间之人也心领神会。"画帘"三句是说女主人公身为歌女，所处的环境是"画帘遮匝"，不能自由地追求爱情，只能以新翻的曲子来寄托心意和愁思，写得婉曲动人。

下片承接前文，继续写女主人公的心事，表现了词人对歌女处于社会下层的命运的同情。女主人公说上次来信多是语言含糊，难以领会，不知何以答复；昨夜和他一首回文诗，甚至懒押险韵。不回信，懒押韵，能用

心留住的，只有记忆中那曾经相聚的短暂时光：笙歌宴乐全散以后，请记住暂留一下。不须点烛，天晚以后，在庭院栏杆老地方的角落，一轮明月照花圃。

本词描写角度不落俗套，心理刻画细致入微，言辞生动形象。词中迷离的感情色彩使得全词韵味浓厚，意境朦胧。全词写女主人公的活动和心理状态，反映了其内心的愁情，语言质朴，风格艳丽。

御街行①

原文

街南绿树春饶②絮，雪③满游春路。树头花艳杂娇云④，树底人家朱户。北楼闲上，疏帘高卷，直见街南树。

阑干倚尽犹慵去，几度黄昏雨。晚春盘马⑤踏青苔，曾傍绿阴深驻。落花犹在，香屏空掩，人面知何处⑥。

注释

①御街行：这是一首忆旧怀人之作。

②饶：丰富。

③雪：谓白色柳絮飘如雪。

④娇云：彩云。

⑤盘马：勒马停留。

⑥人面知何处：暗用唐崔护《题都城南庄》"人面不知何处去，桃花依旧笑春风"诗意。

译文

街南绿树浓荫，春天多柳絮，柳絮如雪飘满游春的道路。树顶上艳花杂映着娇云，树荫下是居住人家的朱红门户。闲懒地登上北楼，将疏散的珠帘向上高卷，一眼看到城南的绿树。

倚遍栏杆还懒得离去，经过了几度黄昏细雨。记得暮春时她曾骑马徘徊踏过青苔，曾靠在绿荫深处停马驻足。昔日落花今犹在，华美的屏风却空掩，谁知桃花人面在何处？

赏 析

这首词写男子失去心上人后的痛苦和对心上人的思念。上片写在柳絮纷飞的晚春时节，男子登楼远望，树上百花娇艳，朱红门户掩映其中。下片写男子在北楼闲倚栏杆，回忆与心上人的过去，抒发思念之情。

上片写景。前四句写街南绿树浓荫，春天多柳絮，柳絮如雪飘满游春的道路。树顶上艳花杂映着娇云，树荫下是居住人家的朱红门户。词人由"饶絮"点明季节，与下片中的"晚春"二字相照应，同时由此生出"雪满游春路"之语，想象奇特。"树底人家朱户"生动地表现出了主人公寻觅的急切情态和迷茫的心境。后三句写主人公登上北楼，卷起珠帘，看到城南绿树。

下片抒情，写主人公在北楼迟迟不肯离去和他对往昔的回忆。前四句写主人公倚遍栏杆还懒得离去，经过了几度黄昏细雨。主人公记得暮春时她骑马徘徊踏过青苔，曾靠在绿荫深处停马驻足。主人公与心上人曾在此地游玩，如今却只有自己闲倚栏杆，惆怅之情溢于言外。"曾傍绿阴深驻"一句力拔千斤，往日相会的欢乐与今日独自一人的感伤对比强烈，感情含蓄蕴藉。最后三句写"落花""香屏"仍然存在，人却不知在何处，字里行间充满物是人非的怅惘和伤感。

本词结构完整精妙，以晚春之景贯串全词，将往事、哀情融于其中，蕴藉隽永，婉曲动人。

虞美人①

原 文

曲阑干外天如水②，昨夜还曾倚。初将明月比佳期，长向月圆时候、望人归。

罗衣着破前香在，旧意谁教改？一春离恨懒调弦，犹有两行闲泪、宝筝前。

注 释

①虞美人：原为唐教坊曲名，后用为词调。原本用于吟咏项羽宠妃虞姬，调名也由此而来。

②天如水：语本柳永《二郎神》词"乍露冷风清庭户，爽天如水，玉钩遥挂"。可参看唐赵嘏《江楼感旧》："独上江楼思渺然，月光如水水如天。同来望月人何处？风景依稀似去年。"

译 文

回廊上的栏杆外明月当空，碧天如水。昨天晚上，我还曾在这里凭倚栏杆。本想月圆时候是我们相会的佳期，因此我每天都在这里倚栏眺望，盼望心上人早日回到身边。

绫罗的衣服虽已穿坏，但以前的余情尚在，令我缅怀留恋。可是不知旅行在外的游子，是谁让他把初衷改变？一春以来，因为离愁别恨而满怀愁怨，也懒得抚筝调弦。还有那两行因闲愁而伤心的眼泪，滴落在那宝筝前。

赏 析

这首词描写女子怀念远人时的痴情和痛苦，以上下二片分成两部分，情感呈递进之态，读来满纸愁绪、满心哀思。

"曲阑干外天如水"，乍一读并无新奇之处，无非以"阑干"之"曲"写女主人公思念之情的"曲"，再以"如水"之"天"衬之，但这个画面中实际上还有一轮"明月"。同时当下的倚栏画面实际上与无数个"昨夜"的倚栏画面相呼应。画面中有"明月"，即表明女主人公的情感虽"曲"且"如水"，却依然对未来怀着光明的希望；当下与过去相交织，则女主人公的思念之情显得绵绵不尽。"初将"句是痴心人发痴心语，自古及今，有几人能以"月圆"与否来确定何时回归呢？既然如此，女主人公为何把希望寄托在"月圆"呢？当然是因为她已经没有其他办法使远人归来了。读来句句是"荒唐言"，实则字字是"辛酸泪"。在一片月色下，女主人公痴痴地"望人归"，其心未必智，其情实堪怜。

"罗衣着破前香在"，写"罗衣"，又以"罗衣"写女主人公等候之苦，这苦不是一时的痛彻心扉，而是一点一滴的蜡炬成灰；写"前香"，又以"前香"写女主人公对远人的不能忘怀。下片没有写月色，也不必写月色，因为女主人公心中光明的希望已经消逝了。"罗衣"句还有一层妙处，即如果单纯写佳人月下倚栏的画面，美则美矣，但这份美有月色的原因，有栏杆的原因，甚至还有没写出的胭脂的原因，而作者笔下，倚栏的佳人在长久的等待后"罗衣着破"，这样后文的美感便没有了外界因素的影响，完全是女主人公自身的美。远人不归，女主人公心中无望，则身上自然没有"调弦"之力，但"前香"未灭，女主人公心中终究存着思念之情，故而"犹有两行闲泪"。全词以女主人公筝前落泪的画面结尾，其情无穷矣。

这首词极富美感，哀婉动人，所塑造的人物形象令人生出爱怜之情。从词中的沧桑之感来看，这首词也体现了作者在历尽人生之苦后的精神境界。

留春令①

原 文

画屏天畔②，梦回依约③，十洲云水④。手捻红笺寄人书，写无限，伤春事。

别浦⑤高楼曾漫倚，对江南千里。楼下分流⑥水声中，有当日，凭高泪。

注 释

①留春令：《词谱》以晏几道的这首词为正调。

②天畔：指画屏上部。

③依约：依稀，隐约。

④十洲云水：托名为汉东方朔撰的《十洲记》载，八方大海中，有祖洲、瀛洲、玄洲、炎洲、长洲、元洲、流洲、生洲、凤麟洲、聚窟洲。

⑤别浦：离别的地方。

⑥分流：古乐府《白头吟》有"蹑蹀御沟上，沟水东西流"句。

译 文

从梦中刚刚醒来，隐约恍惚。画屏上面的十洲云水，宛如罩着迷雾，就像在天边。我坐起来展开红色的信笺，给我的心上人写情书。我只有把所有伤心的心情，告诉你。

从前我曾倚靠在我们作别的那河边的高楼上，面对江南的千里山水，我更加凄楚。楼下分流的水声之中，就有我当日凭栏时流下的思念的泪珠。

赏 析

　　此词上片写梦醒后女主人公写信寄情。女主人公梦醒后将画屏上的"十洲云水"与梦里的山水相联系，将梦醒后不知置身何处的恍惚之感描述了出来。开篇三句，想象新奇绮丽，用笔高雅脱俗。词人通过将虚实远近巧妙结合，使画面对比强烈，抒发了对离别的心上人的思念之情。"十洲"，传说是神仙的居所，颇有神秘气息。词中把心上人比作神仙，以心上人所居之处为仙境，营造出美好的意境。"十洲"是仙界，凡夫俗子难以踏足，唯有梦中才能前往。美梦惊醒后，女主人公看到画屏上的云水，还以为是梦中所见，更抒发了她的惆怅之情，意境深远，使人深思。歇拍两句写女主人公展开红色的信笺，给心上人写起了情书。这两句把红笺和残梦结合起来，情景相融，突出了女主人公的用情专一，感人至深。

　　下片写女主人公对昔日的追忆。"别浦高楼曾漫倚，对江南千里"这两句写女主人公自从离别后登楼久倚，而以"千里"二字在空间上做了延伸，表达出道路曲折漫长、久倚徒劳的感伤。此处写的不是女主人公与恋人往日在一起的欢娱，而是分别后的思念之情。最后三句更深一层地抒写女主人公倚楼远望。此处着笔于"分流"二字。古乐府《白头吟》："蹀躞御沟上，沟水东西流。"用水的东西分流，喻人们的东西分离，再无相见之日。女主人公登楼望远，怀念之泪却滴到高楼之下的东西分流的流水中，将离别之情与怀人之情抒发得委婉含蓄又缠绵悱恻，十分感人。

　　这首词将梦境与现实融为一体，构成奇特又悲伤的气氛，让人读后如同处在梦境中。

思远人①

红叶②黄花③秋意晚，千里念行客。飞云过尽，归鸿无信，何处寄书得？

泪弹不尽临窗滴，就砚旋研墨④。渐写到别来，此情深处，红笺为无色。

①思远人：《词谱》："调见《小山乐府》，因词有'千里念行客'句，取其意以为名。"《词谱》所指的正是晏几道的这首词。

②红叶：枫叶。

③黄花：菊花。

④就砚旋研墨：此承上句，谓泪滴入砚，即以泪研墨。语本孟郊《归信吟》"泪墨洒为书"一句。

林叶转红，黄菊开遍，又是晚秋时节，我不禁想念起千里之外的游子来。天边的云彩不断向远处飘去，归来的大雁也没有捎来他的消息，不知道游子的去处，能往何处寄书信呢？

我伤心得临窗挥泪，泪流不止，滴到砚台上，就用它研墨写信吧。点点滴滴，一直写到离别后，情到深处，泪水更是一发不可收，滴到信笺上，竟然把红笺的颜色给染褪了。

赏析

本篇词的词意与调名紧密相连。就"寄书"铺展笔墨，写泪洒砚台，泪滴红笺，眼泪随着情感的加深越流越多，竟然把红笺的颜色给染褪了。用夸张的手法抒发情感，写出情感的发展变化，也是此词的一大特色。

上片描绘了晚秋景色，表达了女主人公思念远人、殷切盼望之情。开头两句，写女主人公触景生情，思念远人，不但交代了时令，更点明了主题。一个"晚"字，说明离别的时间长；"千里"说明距离之远。开头两句点明了时间与空间，为下文铺述留下了空间。上片后三句中的"过尽"，已说明其失望无比，因为"无信"，所以不知道行人现在何处，自己想要寄信却不知地址在哪里。此三句将其失望之深淋漓尽致地表达了出来。

过片宕开一笔：由于无处寄书，因此更加悲伤而落泪，泪流不止，滴到砚台上，就用它研墨写信吧。此处虽是转折之笔，却自然晓畅。女主人公心里清楚地知道即使写了书信，也无处可寄，可依然坚持写，用情之深可以得见。此处借用孟郊《归信吟》"泪墨洒为书"的诗意，情深意长，将小儿女的情态，描述得惟妙惟肖。结拍三句写女主人公此时写信，完全是抒发情感，她将对行人的思念之情，全都诉诸笔墨，达到物我两忘的地步。无论是泪、墨、红笺，都与主人公的情感融为一体，妙不可言。

这首词与小晏惯常的"情溢词外，未能意蕴其中"的风格不同。全词用笔甚曲，下字甚丽，婉转入微，味深意厚，堪称小晏词中别出机杼的异调。

苏轼

水龙吟①（次韵章质夫②杨花词）

原 文

似花还似非花，也无人惜从教坠。抛家傍路，思量却是，无情有思③。萦损柔肠，困酣娇眼，欲开还闭。梦随风万里，寻郎去处，又还被、莺呼起④。

不恨此花飞尽，恨西园、落红难缀。晓来雨过，遗踪何在？一池萍碎⑤。春色三分：二分尘土，一分流水。细看来，不是杨花，点点是离人泪。

注 释

①水龙吟：调名取自李白诗《宫中行乐词八首》其三："笛奏龙吟水，箫鸣凤下空。"《词谱》以苏轼这首词为正调。这是东坡少有的婉约风格的咏物词作。词人借暮春之际"抛家傍路"的杨花，化"无情"之花为"有思"之人，"直是言情，非复赋物"，幽怨缠绵而又空灵飞动地抒写了带有普遍性的离愁。王国维《人间词话》："咏物之词，自以东坡《水龙吟》为最工。"

②章质夫：名楶，字质夫，浦城（今属福建）人。曾作《水龙吟》咏杨花，苏轼依章词原韵唱和，故称"次韵"。

③无情有思：前代诗人有的说杨花无情，如韩愈《晚春》诗"杨花榆荚无才思"。有的说杨花有情，如杜甫《白丝行》诗"落絮游丝亦有情"。

④"梦随"三句：与唐金昌绪《春怨》"打起黄莺儿，莫教枝上啼。啼时惊妾梦，不得到辽西"句意相似。

⑤萍碎：苏轼自注："杨花落水为浮萍，验之信然。"此说并无科学根据，是词人的误解。

译文

杨花像花，又好像不是花，也没有人怜惜，任由它飘坠。离开了树枝，飘荡在路旁，看起来是无情物，细想却荡漾着情思。它被愁思萦绕，伤了百折柔肠，困顿朦胧的娇眼，刚要睁开又想闭。正像那思妇梦中行万里，本想寻夫去处，却又被黄莺啼声惊唤起。

我不怨杨花落尽，只怨那西园里，落花难重缀。早晨一阵春雨，杨花踪迹何处寻？一池浮萍，全被雨打碎。满园春色分三成，两成变尘土，一成随流水。细细看，不是杨花，点点全是离别人的泪。

赏析

上片写杨花任意飘零的境况和情态。前两句平铺直叙，点明杨花的性质和命运。"无人惜"极言杨花无人怜惜、独自凋落的境况，从侧面突出了只有词人爱花、惜花，加强了词人与杨花的联系，为后文蓄势。接下来的三句紧承第二句中的"坠"字，词人运用拟人的修辞手法，写杨花凋落是"抛家"，初看好像是言其无情，然而后面以"傍路"二字承之，又见其对"家"深深的眷恋与不舍。"有思"更是赋予杨花以人的情态和感情，生动形象地表现了其不想离"家"的难过和无奈的愁情。

"萦损"三句又紧承前文的"有思"，继续借人的情态来展现杨花迷离朦胧之态，语言细腻灵动。从"无情"句开始，词人运用拟人、比喻的

修辞手法，以生动的笔触将杨花勾勒成一个思夫的少妇形象，所写形象具体，使其独自零落、无枝可依、迷离朦胧的形态跃然纸上。"梦随风万里"一方面指少妇之梦，另一方面与杨花的迷离朦胧、轻盈若梦相关合。愁苦万千，本想在梦中行万里去寻找丈夫，结果却被"莺呼起"，必然使人更加愁闷。

综观上片内容，表面上是在写杨花，实则处处体现着思妇的神态、心理，二者相互映照，相辅相成，达到了和谐统一的境界。

下片内容紧承上片，写杨花的结局，感情更加饱满深沉。上片极尽"愁"的情感铺设，下片首句便直抒胸臆，使"愁"转为"恨"，饱含浓重的惜春之情，也将杨花"无人惜从教坠"的凄凉处境进一步体现了出来。"落红难缀"将杨花"无惜"的境况推到了极致，从而更深层次地展现了唯有词人"惜"杨花这一现实。接下来的三句写早晨下了一场春雨，那些杨花的踪迹已无处可寻，因为变成了满池浮萍。词人看到杨花无人怜惜、独自飘落而产生的不舍与伤感之情有了一丝缓解。"春色"三句抒发时光易逝的伤春之情，语言简练明白。

最后三句以真情流露收束全词，具有震撼人心的力量。在词人看来，那"抛家傍路"、迷离朦胧的杨花就是离别之人的眼泪。此处与前文所述的思妇和其无尽哀愁相照应，写法独特有趣，想象新奇大胆，语言自然流畅，具有绵长浓厚的情思，韵味无穷。

这是一首婉约词，是苏轼此类词的代表作品之一，其音韵和谐，情致幽怨，语言婉曲动人。此词深受人们的喜爱，是极有影响力的咏物佳作。

洞仙歌①

仆七岁时，见眉州老尼，姓朱，忘其名，年九十余。自言尝随其师入蜀主孟昶②宫中。一日大热，蜀主与花蕊夫人③夜起避暑摩诃池④上，作一词，朱具能记之。今四十年，朱已死久矣，人无知此词者。但记其首两句。暇日寻味，岂《洞仙歌令》乎？乃为足之。

原 文

冰肌玉骨，自清凉无汗。水殿风来暗香满。绣帘开，一点明月窥人，人未寝，欹枕⑤钗横鬓乱。

起来携素手，庭户无声，时见疏星渡河汉⑥。试问夜如何？夜已三更，金波⑦淡、玉绳⑧低转。但屈指、西风几时来，又不道、流年暗中偷换。

注 释

①洞仙歌：词牌名。又名《洞仙歌令》《羽中仙》《洞中仙》等。

②孟昶：五代时后蜀国君，生活奢靡，喜好词曲。

③花蕊夫人：后蜀主孟昶之妃。

④摩诃池：在蜀王宫宣华苑，相传故址在今成都市郊。

⑤欹枕：即倚枕，靠着枕头。

⑥河汉：指天河。

⑦金波：指浮动的月光。

⑧玉绳：星名，此处泛指群星。

译 文

我七岁时，见过一个眉州的老尼，姓朱，忘了她的姓名，已经九十多岁了。她说曾经跟随她的师父到了蜀主孟昶的宫中。一天天气非常热，蜀主与花蕊夫人在夜间到摩诃池上避暑，作了一首词，老尼全都记了下来。现在四十年过去了，老尼已经去世很久了，再也没有人知道这首词的内容

了。我只记得开头的两句。闲暇无事品味这两句词，难道是《洞仙歌令》吗？于是补全了这首词。

冰一般清莹的肌肤，玉一样润泽的身骨，遍身清凉，毫无汗渍。四面环水的殿堂，微风习习，幽香氤氲不去。绣帘轻启，窗外的那一点明月，像是在偷窥美人的睡态，美人尚未入睡，斜倚绣枕，横插宝钗，秀发懒散。

起身步出绣阁，携纤纤素手漫步，夜深沉，庭院里悄无声息，仰望夜空，月明星稀，不时有一两颗流星渡过天河。请问这夜晚到了什么时辰？夜深了，已是三更，你看那月光渐渐暗淡，群星已经低沉。然而，不妨屈指算算，秋风会何时吹来？盼到秋来，却年华似水，不知不觉中又暗换一度春秋。

赏 析

这是一首补他人之词的作品，补足的是后蜀主孟昶的夏夜纳凉词。只读前两句，就足见词之情韵，从而可知词人文笔之精湛，技艺之高超。此词虽述美人逸事，但隐约流露出对时光流逝的伤感。

上片描写女主人公美丽的外貌和慵懒的状态。前两句写她有清莹的肌肤，玉一样润泽的身骨，遍身清凉，毫无汗渍。"水殿"三句写美人豪华的宫殿，词人以"水""风""香"等美好的意象入手，营造了清幽、美妙的意境，让人仿佛能闻到那氤氲的芬芳，看到潺潺的流水，感受到徐徐的微风，大有仙境之妙，从侧面渲染美人的冰肌玉骨。最后三句加入"月"这一意象，更添朦胧美，并借其视角来写美人斜倚绣枕、横插宝钗的慵懒姿态。其中"一点"与"窥"非常传神，使得词作更具韵味。

下片写女主人公在庭院散步的情态和心理。第一句写美人起身步出绣阁，携纤纤素手漫步。"庭户无声"渲染了环境的静谧，而时间也在这寂静中悄然溜走。"时见"句写二人相依看星。"试问"三句写二人在月光下的徘徊和时间变化，烘托了其绵长的情意。至此，下片前六句通过写清幽、宁静的环境和月光、群星的变化，反映了时间的流逝，为后文抒发感叹做了铺垫。最后两句是议论之语，揭示了时间在不停地流逝这一主题，词人借女主人公之口表达了自己对时光流逝的深沉感叹。

此词描写了宫中妃子的形象和生活状态，暗含着词人对时光流逝的深沉慨叹。全词清新灵动，语言清丽，意境清幽深远，并富含哲理，值得细细品读。正文与题序相辅相成，二者结合起来，使作品更加完整。

青玉案①（送伯固②归吴中）

原 文

三年枕上吴中路。遣黄犬③、随君去。若到松江呼小渡，莫惊鸳鸯，四桥尽是，老子④经行处。

《辋川图》⑤上看春暮，常记高人右丞⑥句。作个归期天定许，春衫犹是，小蛮⑦针线，曾湿西湖雨。

注 释

①青玉案：这是一首赠别词。

②伯固：苏坚，字伯固，苏轼族人。

③黄犬：据《晋书》载，陆机有犬名黄耳，他在洛阳时，曾把书信系在它的脖子上，送至松江家中，并得回信。

④老子：作者自称。宋人习用语，犹老夫。

⑤《辋川图》：王维隐居辋川别墅，曾在清凉寺绘《辋川图》。此指

作者有归隐之意。

⑥右丞：王维曾任尚书右丞，故称王右丞。杜甫《解闷》："不见高人王右丞，蓝田丘壑漫寒藤。"

⑦小蛮：白居易侍妾名。这里借指苏轼的侍妾朝云。

译 文

三年来您做梦都想回吴中，如今让传信的黄狗随您去。您若到了松江招呼小船摆渡时，一定不要惊了那里的鸳鹭，那里的鸳鹭与我是那样的相熟。那里的四桥、那里的山山水水都是我足迹曾经踏过的地方。

望着眼前的景色，不禁想起了王维的《辋川图》，也记起了右丞先生送友人归去的诗句。定个归期吧，老天爷定会准许。去时带上那件春衫，它是爱妾朝云为我亲手缝制的，上面还有那曾打湿春衫的西湖雨。

赏 析

词人所作送别词很多，此篇较为独特，作品内容是送客，然而送客的词人还在异乡漂泊，便是"客"中送客。虽是送别之作，但重点不在"别"而在"归"，并以"归"字为中心展开叙述，既体现了词人对友人归吴中的羡慕之情，也表达了自己无法归乡的愁绪。

上片写友人归去，词人送别。前两句交代友人归乡，话别友人。苏坚随词人在外漂泊三年，日日夜夜盼望归去，如今终于可以回去。虽有不舍之意，但词人更多的还是替友人开心，因此便有"遣黄犬、随君去"这样的洒脱之语，同时也暗含着希望友人可以常常写信给自己的殷切嘱咐。后四句全是词人的想象之景。词人对友人说："您若到了松江招呼小船摆渡时，一定不要惊了那里的鸳鹭，那里的鸳鹭与我是那样的相熟。那里的四桥、那里的山山水水都是我足迹曾经踏过的地方。"虽不是眼前实景，却真实可感，让人感同身受，不由得心生思归之意。

下片述思归之情。首句中的"《辋川图》"一语双关，一方面形容吴中的风景优美，另一方面用王维《辋川图》的典故抒发避世隐居的思想。词人仕途坎坷，官场沉浮多年，总是想过宁静、随性的隐居生活，因此他对王维后半生的田园生活和其作品体现出的闲适之情很是钦羡。本词中，友人将要回乡，两相对比，词人便因自己不得归发出感叹。而后说自己也定个归期吧，老天爷定会准许。明知没有归期，却偏偏说"天定许"，其思归之心切由此可见一斑。"小蛮针线"本是温馨之语，用在这里则更显出漂泊异乡的悲凉境况。这件春衫还曾被"西湖雨"打湿，这就使得"天定许"更多了一份可能性：天公还为自己与朝云的情意而洒泪雨，将朝云为"我"缝制的春衫打湿，这难道不是"天定许"吗？这里的"天"，指的不仅是现实的天，还是能决定词人去留的朝廷。春衫被淋湿，既是雨中送别之景，也是依依惜别之情的外化，词人的思归之情更加浓厚。

这首词表面上写话别归乡的友人，实则处处流露出词人自己想要归乡的强烈愿望，语言平实自然，表达含蓄委婉，感情深厚隽永。

江城子①（乙卯正月②二十日夜记梦）

原 文

十年生死两茫茫。不思量，自难忘，千里孤坟③，无处话凄凉。纵使相逢应不识，尘满面、鬓如霜④。

夜来幽梦忽还乡。小轩窗，正梳妆。相顾无言，惟有泪千行。料得年年肠断处，明月夜、短松冈。

注 释

①江城子：清李良年《词家辨证》："南唐人张泌有《江城子》二阕。"

五代欧阳炯用此调填词，有"如西子镜，照江城"句，含本意。唐词为单调，宋人演为双调。又名《江神子》《村意远》《水晶帘》等。

②乙卯正月：本篇为宋神宗熙宁八年（1075年）正月，作者在密州悼念亡妻王弗而作。王弗，眉州青神人。十六岁嫁与苏轼，二十七岁时病亡。从王弗逝世（1065年）到作者作此词正好十年。

③千里孤坟：此时作者在密州（今山东诸城），王弗葬于眉山东北（今四川彭山）苏洵夫妇墓旁，两地相距千里不止。

④鬓如霜：言两鬓斑白。白居易《闻龟儿咏诗》："莫学二郎吟太苦，才年四十鬓如霜。"

译 文

你我两人，一死一生，已相隔十年，两下里音信茫茫。不想让自己去思念，却总难以忘怀。妻子的孤坟远在千里之外的眉州，没有地方向她诉说我心中的凄凉。即使相逢她也应该不会认出我来，因为我常年四处奔波，如今已是灰尘满面，鬓发斑白如霜。

夜间忽然在隐约的梦境中回到了家乡，只见妻子正在小窗前对镜梳妆。我们看着彼此，说不出一句话，只有泪落千行。料想那年年让我肝肠寸断的地方，就在明月下的长满矮松的山冈。

赏 析

此词是一首悼亡之作，开创了此类词的先河，写于词人任密州知州之时，所悼之人是其已经逝世的妻子王弗。词人与王弗婚后感情生活甜蜜，这首词就抒发了词人对亡妻深切的怀念之情。

上片是词人的喟叹之语，写与妻子阴阳两隔的无限凄苦。开头便是一声慨叹："十年生死两茫茫。"语气沉重，感情强烈，是词人对两人阴阳相隔的残酷现实的无力哀叹，表现了词人内心的痛苦和无奈。虽然妻子去世已有十年，但词人对妻子的印象并没有因为时间的推移而淡化，相反，随着越来越浓的怀念而变得愈加清晰深刻，"茫茫"二字将其凄苦的心境表现得淋漓尽致。词人所居之处与妻子所葬之处距离甚远，连内心的凄凉也无法向其诉说，更显悲苦。接着写自己常年到处奔波，已经"尘满面、鬓如霜"，即使见面，妻子应该也辨认不出。然而，词人当时还不到四十岁，形容自己满脸沧桑、两鬓斑白，更多的是表达自己常年羁旅生活的艰辛。对亡妻的怀念、羁旅的苦闷交织在一起，使得悲中见悲。这样步步延伸，便有了下片的梦境。

下片主要写词人梦中的情景。先写夜间忽然在隐约的梦境中回到了家乡，只见妻子正在小窗前对镜梳妆。二人看着彼此，说不出一句话，只有泪落千行；接着抒发回到现实后浓重的哀思，言辞凄婉动人。"夜来"句承接上片的痛苦心境，引出梦中之景，过渡自然。"忽"字形象地表现出了词人对妻子的怀念之情。"小轩窗"两句为白描，虽无修饰词语，却写得生动逼真，所述之景顿现眼前。二人相见后"相顾无言，惟有泪千行"，感情强烈而细腻。然而回到现实，内心的凄苦无处诉、无人听，只有"肠断处"可供回忆，对妻子深沉的思念之情由此达到高潮。下片内容虚实相生，一方面写的是词人的梦境，另一方面，其情景又有写实之意，意蕴深厚。

题目交代了此词作于正月。正月本是与家人团聚之时，然而词人却与妻子生死相隔，再加上孤身一人漂泊他乡，羁旅之愁更加重了内心的凄苦和对妻子的思念。而内容是"记梦"，极其思念才会产生梦境，现实无情，也只能将自己的思念寄托在梦中，其中还暗含失意的困苦和无助，动人心扉。全词言辞直白恳切，不饰雕琢，既抒发了对妻子深重的思念，又流露出仕途的失意和漂泊无依的愁苦，其悼念之凄婉、境遇之凄苦充溢于字里行间。

贺新郎①

原 文

乳燕②飞华屋，悄无人、桐阴转午③，晚凉新浴。手弄生绡白团扇，

扇手一时似玉。渐困倚、孤眠清熟。帘外谁来推绣户，枉教人、梦断瑶台④曲。又却是，风敲竹。

石榴半吐红巾蹙⑤，待浮花浪蕊都尽，伴君幽独。秾艳⑥一枝细看取，芳心千重似束。又恐被、西风惊绿。若待得君来向此，花前对酒不忍触。共粉泪，两簌簌⑦。

注　释

①贺新郎：清毛先舒《填词名解》谓此调为苏轼首创。因苏词中有"晚凉新浴"句，故名《贺新凉》，后误"凉"为"郎"，调名盖本此。又名《金缕曲》《金缕歌》《金缕词》《风敲竹》《乳燕飞》《貂裘换酒》等。

②乳燕：雏燕。

③转午：已到午后。

④瑶台：传说中神仙居住的地方。

⑤蹙：褶皱。

⑥秾艳：色彩艳丽。

⑦簌簌：纷纷落下的样子。

译　文

一只雏燕穿飞在华丽的房屋中，静悄悄没有半点声息。梧桐树阴转向午后，晚间凉爽，美人刚刚汤沐。手里摇弄着白绢团扇，团扇与素手似白玉凝酥。渐渐困倦斜倚，独自睡得香熟。帘外是谁来推响闺房的门窗？白白地叫人惊散瑶台仙梦，原来是，夜风敲响了翠竹。

那半开的石榴花宛如红巾褶皱。等浮浪的花朵零落尽，它就来陪伴美人的孤独。取一枝秾艳榴花细细看，千重花瓣儿正像美人的芳心情深自束。又恐怕被那西风骤起，惊得只剩下一树空绿。若等得美人来此处，残花之前对酒竟不忍触目。只有残花与粉泪，扑扑籁籁地垂落。

赏析

这首词是闺怨词，既咏人又咏物。词人将美人和石榴花并举，通过清丽的语言表现二者孤芳自赏的高雅品格，流露出自己高洁的志趣，同时将自己的愁苦、愤懑借美人绵长的情思和精致柔弱的石榴花体现出来，寄慨遥深。

上片以景衬美人。开头以环境起兴，一只雏燕穿飞在华丽的房屋中，静悄悄没有半点声息。梧桐树阴转向午后，晚间凉爽，美人刚刚汤沐。接下来的三句正面刻画美人形象：手摇团扇，指白如玉，生动形象地写出了美人超凡脱俗、闲雅慵懒的风姿。词人写团扇之白，既是为了表现美人洁白的肌肤，也是衬托其高洁的品质。开头已营造出寂静的氛围，此处写"手弄生绡白团扇"，百无聊赖才会"弄"，反映出美人的孤独空虚。同时此句与"扇手"句也象征着美人如团扇一般的命运。接着写美人因无事可做而生困意，睡得正香甜时又因"风敲竹"而被惊醒。"渐困倚、孤眠清熟"写出了美人孤单寂寞的现实处境。"帘外"句至上片结尾写美人从梦中惊醒后的心理变化。"枉教人""又却是"具体地表现了美人满怀希望却最终失望的失落感。这几句亦真亦幻，以动衬静，反映了美人的孤独和深深的惆怅。

下片咏石榴花，侧面烘托美人。首句将石榴花比喻为红巾褶皱，形象生动，特点鲜明。花朵触动了美人的情思，她认为等浮浪的花朵零落尽，石榴花就来陪伴孤独的自己。词人赋予石榴花以人的情感，展现其不争奇斗艳、孤芳自赏的品格，同时也借此象征美人高洁的情操。"芳心"句一语双关，既写出了石榴花的外形特征，又是美人高雅的品性的象征，表现出了她眼波流转、情在眉头而又万分愁苦的情态。"又恐被、西风惊绿"是美人观花后产生的迟暮之感。接下来写若等得美人来此处，残花之前对酒竟不忍触目。只有残花与粉泪，扑扑簌簌地垂落。下片以花喻人，并写美人因花而产生的伤感和忧愁，花人合写，感情细腻婉曲，有无穷的意蕴。

　　这首词字里行间流露出词人壮志难酬的怅惘和幽愤之情。词的上片重在咏美人，但词人未直接刻画其姿容，而是通过团扇、玉手等意象，以及周围的环境来侧面烘托；下片别开生面，前半部分咏花，后半部分人、花合写，赞花亦是扬人，生动传神，相得益彰。全词含蕴深厚，意境清幽，含蓄隽永，寄慨遥深。

秦观

秦观（1049—1100 年），字少游，一字太虚，号淮海居士。高邮（今江苏高邮）人。少有才名，研习经史，喜读兵书。宋神宗熙宁十年（1077 年），往谒苏轼于徐州，次年作《黄楼赋》，苏轼以为"有屈、宋姿"。宋神宗元丰八年（1085 年）中进士。元祐初，任秘书省正字，兼国史院编修。晚年一再遭贬。他是"苏门四学士"之一，其诗清新婉丽；词多写恋情和身世之慨，语工而入律，情韵兼胜，哀艳动人，曾因《满庭芳》词赢得"山抹微云君"的雅号。他毕生视苏轼为师友，而词风不学东坡，独创一格，以秀丽含蓄取胜，情调略显柔弱与凄凉。有单刻本《淮海居士长短句》三卷行世，后收入《疆村丛书》。

望海潮①

原 文

梅英疏淡，冰澌②溶泄，东风暗换年华。金谷③俊游，铜驼④巷陌，新晴细履平沙。长记误随车⑤。正絮翻蝶舞，芳思交加。柳下桃蹊，乱分春色到人家。

西园夜饮鸣笳⑥。有华灯碍月，飞盖妨花。兰苑未空，行人渐老，重来是事⑦堪嗟。烟暝酒旗斜。但倚楼极目，时见栖鸦。无奈归心，暗随流水到天涯。

注释

①望海潮：调见柳永《乐章集》。钱塘自古为观海潮的胜地，调名大约取意于此。《青泥莲花记》："柳耆卿与孙相何为布衣交。孙知杭，门禁甚严。耆卿欲见之不得，作《望海潮》词，往诣名妓楚楚曰：'欲见孙相，恨无门路，若因府会，愿借朱唇歌于孙之前。若问谁为此词，但说柳七。'中秋夜会，楚宛转歌之，孙即日迎耆卿预坐。"

②冰澌：随水流动的冰块。澌，通"凘"。

③金谷：金谷园。晋代石崇所建别墅名园，他常在此园中招待宾客、饮宴游玩。

④铜驼：汉代洛阳街名，街道两侧有铜驼相对立，故名。

⑤误随车：身不由己地尾随陌生少女的车子。

⑥西园夜饮鸣笳：暗指元祐三年苏轼、秦观等十七人在附马都尉王诜家西园雅集之事。曹植《公宴》诗："清夜游西园，飞盖相追随。明月澄清影，列宿正参差。"

⑦是事：事事，每件事。

译文

梅花稀疏淡雅，冰块融化流泻，春风吹拂暗暗换了年华。想昔日金谷胜游的园景，铜驼街巷的繁华，趁新晴漫步在雨后平沙。总记得曾误追了人家香车，正是柳絮翻飞、蝴蝶翩舞，引得春思缭乱交加。柳荫下桃花小径上，乱纷纷将春色送到万户千家。

西园雅集夜饮，吹奏起胡笳。缤纷高挂的华灯遮掩了月色，飞驰的车盖碰损了繁花。西园尚未凋残，游子却渐生霜发，重来旧地事事感慨吁嗟。暮霭里一面酒旗斜挂，空倚楼纵目远眺，时而看见栖树归鸦。我归心难耐，已暗自随着流水奔到天涯。

赏 析

这首词的结构颇为奇特，因为怀旧的作品一般以上下片分述今昔，或分述景情，这首词却是开头和结尾写今，中间的大段篇幅写昔，可见词人对过往经历的看重。这首词通过今昔画面的转换抒发了词人对现状的不满和对旧日欢乐的怀念。

"梅英"二句是今日之景。"疏淡"与"溶泄"均是与后面"暗换年华"相衬之景，抽象的时光流逝体现于具象的景物中，再加"东风"这一动态意象，使得人们仿佛感受到了时间的翻涌，那么后文转入对往昔的回忆也就顺理成章了。"金谷"二句点出环境之华贵。"新晴"句将视角由环境逐渐转向人。"新""细""平"三字体现了词人轻松愉快的状态。"长记"句点出了词人活泼的样子，这种神采飞扬的状态与后文词人对春色的描写极为相配。"絮翻蝶舞"与"芳思交加"彼此映衬，使得飘絮飞蝶带上了人的情感，也使得人的情感借助景物表现了出来。"乱分"句将春意的洋溢推至顶峰，为下文将视角转向宴饮做了铺垫。

从"西园"开始，词人描写宴饮的画面。依据词人生平，这种热烈的聚会与词人在政治上的得意往往同时出现，因此词人此处对旧日宴饮的怀念，当含有对今日仕途失意的不满。"碍月""妨花"二词颇为有趣，因为文人写繁华场面时一般用赞颂之词，此处却用"碍""妨"二字，颇有美人娇嗔之态。从"兰苑"句开始，画面从往昔回到今日。"兰苑未空"是为上文之热烈收尾，"渐老"则转入抒情。"堪嗟"之情与后面的"暝""斜"二字照应，使得愁思绵长不尽，引出结尾的思归之情。

这首词以怀旧为主，以伤今为辅，从结构上亦可见轻重。全词情景搭配得宜，读来流畅自然。

八六子①

原文

　　倚危亭。恨如芳草，萋萋刬②尽还生。念柳外青骢别后，水边红袂③分时，怆然④暗惊。

　　无端天与娉婷⑤，夜月一帘幽梦，春风十里柔情⑥。怎奈向、欢娱渐随流水。素弦声断⑦，翠绡香减⑧；那堪片片飞花弄晚，濛濛残雨笼晴！正销凝⑨，黄鹂又啼数声。

注释

　　①八六子：调见《尊前集》中杜牧的作品。杜词全词八韵，以六字句为主，调名可能取自此意。因秦观词有"黄鹂又啼数声"句，故又名《感黄鹂》。

　　②刬：铲除。

　　③红袂：红色衣袖。

　　④怆然：指悲伤。

　　⑤娉婷：指柔美的佳人。

　　⑥"夜月"二句：借用杜牧《赠别》诗句"娉娉袅袅十三余，豆蔻梢头二月初。春风十里扬州路，卷上珠帘总不如"。

　　⑦素弦声断：意谓分别后无心弹琴。

　　⑧翠绡香减：意谓分别后懒于修饰。

　　⑨销凝：因伤感而凝思出神。此二句化用杜牧《八六子》末句："正

销魂，梧桐又移翠阴。"

译 文

　　凭依高高耸立的楼亭，离恨，就像那萋萋芳草，铲不尽，复又生。至今思念，那柳烟之外，骏马即将启程，与池水映照的女子依依惜别，难舍难分，悲痛欲绝，黯然销魂。

　　老天好没来由啊，她天生丽质，是那样的亭亭玉立。夜晚，月色朗朗，映照着那闺阁的帘幔，帘幔之中，美人梦境幽幽，梦见那春风如水，十里柔情。无可奈何哟，欢娱渐渐随流水而去，素琴正悠扬，弦声猛然间断，翠绿的丝绢香销色损。更哪堪，傍晚时分，片片花儿飘落，淅淅沥沥的蒙蒙细雨，笼住晴天。正伤感而凝思出神，又传来几句黄鹂的哀鸣。

赏 析

　　这首词描写词人对恋人的思念之情。全词角度多变，或以词人自身角度落笔，或以对方角度落笔，或着眼于当下，或思接于往昔，用笔空灵，无纤毫凝滞，颇见词人创作风格。

　　开篇三句直接点出作品主题。"恨"字是整首词的核心。历代文人以芳草喻相思时常取其在空间上绵绵不尽之态，词人此处则选用芳草在时间上生生不息的意象，较为独特，且在开篇借"倚危亭"使"芳草"的出现不显突兀。这三句构成了一个相对独立的意象，既是全词的一部分，也有自身的美感，可谓景中之景，情中之情。下文转入回忆。"念柳外"二句即词人所"恨"之事。"柳外青骢"是词人周围的画面，"水边红袂"是词人对恋人的印象。"怆然"本已表示出悲伤之意，然则"暗惊"二字何来？"惊"者，心神激荡之态。如果说"怆然"表明了词人感情的性质，那么"暗惊"则表现了这份感情的深刻。

　　从"无端"句开始，词人渐渐以恋人的角度落笔。"无端"一词颇为有趣，用嗔怨的语气写出了对恋人的喜爱。前文只说"红袂"，这里则用"天与娉婷"使其形象更为具体。"夜月"二句设计得十分巧妙。"夜月"与"一帘"表现出了"梦"的"幽"，"春风十里"一词表现出了"情"的"柔"，颇为含蓄。"奈"之情与"流水"之景相互映衬，使得恋人的无奈之情生动可感。"素弦"二句点出恋人愁情之深。"那堪"二句承接前面激烈的情感，细雨落花之景将这份感情推到最高点。在感情尽情抒发之时，如何收尾很能考验作者功底。这首词的收尾极为漂亮，词人先用"正销凝"三字对前文激烈的情感进行概括，然后将黄莺的叫声加入画面，宛如飞鸿掠空一般在空灵的意境中结束全文，极为经典。

这首词所写的虽是常见的相思之情，却值得一读再读。这首词所抒发的相思之情生动可感，情绪缓急得当，极见词人的才情。

满庭芳①

原 文

山抹②微云，天连衰草，画角声断谯门③。暂停征棹，聊共引离尊。多少蓬莱旧事，空回首、烟霭纷纷。斜阳外，寒鸦万点，流水绕孤村④。

销魂。当此际，香囊⑤暗解，罗带轻分⑥。谩赢得青楼、薄幸名存⑦。此去何时见也？襟袖上、空惹啼痕。伤情处，高城望断，灯火已黄昏。

注 释

①满庭芳：词牌名，又名《锁阳台》《满庭霜》《潇湘夜语》等。

②抹：涂抹。词人另有《泗州东城晚望》诗："林梢一抹青如画，应是淮流转处山。"两者可参看。

③谯门：古代筑在城门上的警楼。

④寒鸦万点，流水绕孤村：直接用隋炀帝断句诗："寒鸦千万点，流水绕孤村。"

⑤香囊：古代男子有佩香荷包的风尚。

⑥罗带轻分：意谓分离。古人用罗带结成同心结象征相爱。

⑦"谩赢得"句：语本杜牧《遣怀》诗"十年一觉扬州梦，赢得青楼薄幸名"。

译文

云遮山巅，深秋大地上的漫漫枯草伸向天边。黄昏，城楼上响起的画角声，渐渐消失在城头的谯门。令将要远行的船暂且停一停，与君举起酒杯，喝下最后离别的酒。多少次相聚欢乐，美妙如登蓬莱仙境。如今回首，一切像烟霭一般纷纷飘散。夕阳西下，寒鸦数点，一条小河绕村流过。

离别多么让人悲伤断魂。此时此刻，悄悄解下香囊，把一份情意留赠给心爱的人，她轻轻解开罗丝带，把缱绻的爱留给了我。心有千般依恋，没想到竟会在青楼女郎间，落了一个薄情的名声。从此一别，不知何时才能相见？衣袖上沾满泪痕。伤心呵，回头望去，高高的城墙已望不见了，只见点点灯火，在黄昏中闪烁。

赏析

这首词是词人极具代表性的一首。开篇两句写景，用语清丽浅显。"抹"字是神来之笔，新奇有趣。其本义是指新的事物将原来的替换掉或遮住，所以这里应是山遮微云，这样写极富韵味，意境高邈，如果直接说山遮微云，便没有这样的效果。另外，词人还有"林梢一抹青如画，应是

淮流转处山”之佳句。前者的“抹”字写云在山间之形迹，后者的“抹”字写林外山的形迹，均有王维“诗中有画，画中有诗”之妙，可见词人是仔细雕琢，特意将诗、画的笔法和意境融为一体的。“山抹微云”重点不是写山高，而是言其远，这一句与“天连衰草”表达的都是空阔辽远的意境：云遮山巅，展现出的是一片苍茫迷蒙的境界；深秋大地上的漫漫枯草伸向天边，营造的是凄清的景象。下文所抒之情都由这两句生发而来。“画角”句交代了时间、地点。古代日暮时分，城楼有用来报时的画角声。“暂停”两句交代远行、送别。写到这里，词人回首往事，喟然长叹，那不忍离别的伤感已经表现了出来。“烟霭纷纷”一语双关，虚实相生，既指前文相聚的欢乐如烟雾般消散，迷茫怅惘；又为写实之句，言暮霭“纷纷”，一片朦胧，与“微云”呼应，层次分明。最后三句是广为传诵的名句，词人将情怀寄于眼前实景，写夕阳西下，寒鸦数点，一条小河绕村流过。景色凄清，反映了词人孤寂凄凉的现实处境，表达了词人仕途失意之愁和羁旅漂泊的游子之“恨”，含蕴无穷。词人未直言内心的苦闷和愁烦，而是将这份凄凉的心境借眼前之景绘出，营造出一种凄美的境界，含有无限情致，令人拍案称奇。

杜牧有“十年一觉扬州梦，赢得青楼薄幸名”之句，下片中的“青楼”“薄幸”便由此化来，感情幽怨，值得细细品味。词人在此处发出的深沉叹息相比于杜诗有过之而无不及。末尾处“望断”二字将前文所述内容一笔抹去，点破题旨。“灯火已黄昏”句是经过有“微云”的日暮时分和“烟霭纷纷”之后产生的，时间脉络清晰完整，而依依惜别之情、留恋不舍之意也就尽在这满城闪烁的灯火之中了。

这首词技巧娴熟，余韵悠长，景色鲜明，感情深切，意境超脱，需细细品味才可得其妙。秦观因此词而有“山抹微云君”之称。

满庭芳

原文

晓色云开，春随人意，骤雨才过还晴。古台芳榭，飞燕蹴①红英。舞困榆钱②自落，秋千外绿水桥平。东风里，朱门映柳，低按小秦筝。

多情。行乐处，珠钿翠盖，玉辔红缨，渐酒空金榼③，花困蓬瀛。豆蔻梢头旧恨，十年梦屈指堪惊④。凭阑久，疏烟淡日，寂寞下芜城⑤。

注 释

①蹴：追逐。杜甫《城西陂泛舟》："鱼吹细浪摇歌扇，燕蹴飞花落舞筵。"

②榆钱：榆荚。唐施肩吾《戏咏榆荚》："风吹榆钱落如雨，绕林绕屋来不住。"

③金榼：金制的饮酒器。

④"豆蔻"二句：语本杜牧《赠别》诗"豆蔻梢头二月初"和《遣怀》诗"十年一觉扬州梦"。

⑤芜城：扬州的别名。

译 文

拂晓的曙色中云雾散净，好春光随人意兴，骤雨才过天色转晴。古老的亭台，芳美的水榭，飞燕追逐踩落了片片红英。榆钱儿像是舞得乏困，自然地缓缓飘零，秋千摇荡的院墙外，漫涨的绿水与桥平。融融的春风里

杨柳垂荫、朱门掩映，传出低低弹奏小秦筝的乐声。

昔日浪漫多情，游乐的地方，她乘着翠羽伞盖的香车，珠玉头饰簪发顶，我骑着缰绳精美的骏马，装饰了几缕红缨。金杯里美酒渐空，如花美人厌倦了蓬瀛仙境。豆蔻年华的青春少女呵，往日同我有多少别恨离情，十年间浑然大梦，屈指算来令人心惊。凭倚着栏杆久久眺望，但见烟雾稀疏，落日昏蒙，寂寞地沉入了扬州城。

赏 析

这首词描写词人对往日欢乐的回忆和对旧日恋人的思念，据内容而言，当作于词人身处扬州之时。这首词的表现手法十分精微，颇能打动人心，画面的衔接也较为流畅，烘托技巧运用得宜，景色的美感与感情的真挚均得到较好的体现。

上片一上来就展现出了喜悦祥和的气氛。"晓色云开"四字使人颇感畅快，配上骤雨才过天色转晴的背景，无怪乎词人感叹"春随人意"。这几句不仅烘托了气氛，还点明了季节，使读者沉浸于词人所描绘的意境中。"古台芳榭"配上前文美好的气氛，使得画面极富静态美。接着，词人大笔一挥，"飞燕"进入了读者的视线，使本来静止的"古台芳榭"仿佛突然有了灵气。"蹴"字为画面添了一丝趣味，让人如同感觉到了燕子在鲜花丛中穿行的舒适，越发使人觉得"春随人意"。接着词人将人的情感移到了"自落"的"榆钱"上，好像"榆钱"是因为舞得困倦了才飘落下来。

"秋千"一词为后文将画面转入院内做铺垫。"外"字将前后文中的画面转换合理化。"绿水桥平"是春色的一个缩影，其实高涨的何止春水，还有伤春之人的情绪。"东风里"不仅仅是当时的春景，也表示接下来出场的女主人公在词人心中就像宜人的春风一样美好。"朱门映柳"继续为女主人公的出场做铺垫。"低按"句中，女主人公终于出场，但词人并未直接描写其姿容，而是通过描写她弹奏乐器的情态，展现出一位温柔而情感细腻的大家闺秀的形象。

下片的情感波动较大。"多情"二字仿佛是一句评价，但究竟是在评价什么？是说词人自己还是女主人公？或许兼而有之吧。在那神采飞扬之时，少男少女"多情"的神态本就是春日里最好的风景。"珠钿"四句，极力渲染词人回忆中的美好画面，但心中若感到美好，语气应当温婉，因为美好的感觉本就会使人变得柔和，而词人的文字却透露出一丝挣扎的感觉，这表明词人虽然回忆着美好，在现实中却可能处于困境。

从"豆蔻"句开始，画面转回现实。"豆蔻梢头"本是美好的意象，却成了词人的"旧恨"。结合前文可知，词人对女主人公颇含爱意，因此过去的"恨"实际上是相爱而不能相近的"苦"。这"旧恨"的背后，是词人夜夜相思的"十年梦"。过去越是美好，现实的孤寂就越令人难堪，这份痛苦如此深重，以致词人所感到的不再是使人情绪低落的"苦"，而是摄人心魄的"惊"。往昔与今日的变化使词人"凭阑久"。既"凭阑"，则必然想要借景物以排解愁苦，但词人最终却在"疏烟淡日"中"寂寞下芜城"。读至此处，再回看"珠钿翠盖"四句，实在让人百感交集。

这首词情感沉痛，以今昔的对比传达词人难以释怀的"旧恨"。词人对旧日欢乐场面的描写十分生动，然而越是生动，越是让人感受到词人今日之"惊"。

减字木兰花①

原　文

天涯旧恨，独自凄凉人不问。欲见回肠②，断尽金炉小篆香③。黛蛾④长敛，任是春风吹不展。困倚危楼，过尽飞鸿⑤字字⑥愁。

注　释

①减字木兰花：按《木兰花》令始于韦庄，系五十五字，全用仄韵者。

《花间集》魏承班有五十四字词一体，毛熙震有五十三字词一体，亦用仄韵，皆非减字也。自南唐冯延巳制《偷声木兰花》五十字，前后起两句仍作仄韵，七言结处乃偷平声，作四字一句、七字一句，始有两仄、两平、四换韵体。故《减字木兰花》又称《偷声木兰花》《减兰》《木兰香》等。

②回肠：指悲愁如同回肠百转，难以厘清。

③篆香：比喻盘香和缭绕的香烟。

④黛蛾：女子之眉。温庭筠《晚归曲》："湖西山浅似相笑，菱刺惹衣攒黛蛾。"

⑤飞鸿：雁。

⑥字字：雁飞时排成"一"字或"人"字，故云。

译文

远隔天涯，旧恨绵绵，凄凄凉凉，孤独度日无人问讯。要想知道我是如何愁肠百结，就像金炉中燃尽的篆香。

长眉总是紧锁，任凭春风劲吹也不舒展。困倦地倚靠高楼栏杆，看那高飞的雁行，字字都是愁。

赏析

这首词描写一位思念远人的女子形象，表达了女子的忧愁和孤寂。词人笔法巧妙，善用比喻，细节描写也十分精彩，能够借助画面中的景物将隐微的情感细腻地表达出来，其创作风格体现了婉约派的主要特点。

词人在开篇直接点出主题，没有一句过多的修饰，且全词意脉不断，极有大家风范。"独自"句描写女子的心理活动与外部环境。"人不问"十分值得玩味。周围人为什么"不问"？是因为女子"凄凉"的时间太久导致周围人倦于开导吗？是女子情思过深导致周围人无法理解而不知如何开导吗？词人并未明言。不管出于什么原因，客观上这种"独自凄凉"与"人不问"的对比只能使人更感辛酸。越是无人关心，女子便越是急切地盼望远人归来。那女子的情感到底有多深重呢？词人运用奇妙的想象，给出了一个有趣的回答："欲见回肠，断尽金炉小篆香。"此处的比喻实在令人拍案叫绝。细细思来，那盘香之形与愁肠十分相似，那寸寸断掉的香灰正是肝肠寸断的具象化。更妙的是，"金炉小篆香"正是女子闺阁所用之物，而"断尽"的结果也表明女子的思念并没有使远人归来。

"黛蛾"句是对女子神态的描写。"敛"是因为"旧恨"，"长"则言"旧恨"之深，"长敛"其实是"长恨"。"春风"点出了时令。春风使万物焕发生命力，却吹不开女子的紧皱的眉头，则纵使没有前文的比喻，读者也能"见回肠"了。同时"黛蛾长敛"的画面也使读者更加具体地感受到前文中女子的"凄凉"之态。既然"春风"都"吹不展"女子的愁眉，则纵使"人不问"变成"人皆问"，想来也是无用的。"困倚"二句描写女子的行为和因景引发的情感。"困"表明女子所"倚"之久，也正因女子长时间倚楼远望，才能使眼中"过尽飞鸿"。女子想看的是大雁吗？当然不是。女子在高楼上远望，看着一个一个归来的人，但人都走完了也没有见到自己的心上人，在这种情况下，女子心中忧愁，所以抬头看到的大雁也仿佛排成了"愁"字。当然，如果女子看到心上人归来，那她眼中的大雁估计就是个"欢"字了。

这首词读来无一字多余，虽委婉含蓄却无冗笔，是宋词中较经典的婉约派作品。

踏莎行①（郴州旅舍）

原 文

雾失楼台，月迷津渡②，桃源③望断无寻处。可堪④孤馆闭春寒，杜鹃声里斜阳暮。

驿寄梅花⑤，鱼传尺素⑥。砌成此恨无重数。郴江幸自绕郴山，为谁

流下潇湘去。

注 释

①踏莎行：这首词为词人贬谪郴州时所写。

②津渡：渡口。

③桃源：陶渊明《桃花源记》所写的理想境界。杜甫《春日江村》："茅屋还堪赋，桃源自可寻。"

④可堪：哪堪。

⑤驿寄梅花：《太平御览》引《荆州记》曰："陆凯与范晔交善，自江南寄梅花，诣长安与晔，赠诗曰：'折花逢驿使，寄与陇头人。江南无所有，聊赠一枝春。'"

⑥鱼传尺素：蔡邕《饮马长城窟行》诗有"客从远方来，遗我双鲤鱼。呼儿烹鲤鱼，中有尺素书"。指亲朋书信。

译 文

　　暮霭沉沉，楼台消失在浓雾之中，月色朦胧，渡口消失不见，我拼命寻找也看不见理想的桃花源。已经不堪忍受孤馆春寒，不忍再听日暮时杜鹃凄切的啼声。

　　收到亲朋让驿使送来的书信和礼物，但是这些都堆砌成重重愁绪。郴江本来应该围绕着郴山流的，为什么要流到潇湘而不返呢？

赏 析

　　这首词是词人被贬至郴州时所作，词作通过自然含蓄的语言，表达了被贬的幽怨和愁苦，是广为传诵的佳作。

　　前三句写暮霭沉沉，周围的一切被夜雾笼罩着，迷离朦胧。词人被贬，心情惆怅郁闷，此景便是为情所设，意境幽深，感情迷惘。"楼台"

给人的印象多是巍峨壮观，而在这里却被浓雾笼罩；"津渡"本是人们相互联系的纽带和寻路前行的起点，如今也消失在朦胧的夜色中。这三句分别嵌入了"失""迷""无"三个具有否定意味的字，写在浓雾和朦胧月色的笼罩下，高楼、渡口等现实之景和想象中的桃花源都消失了，突出了环境的迷离，表达了词人被贬后失意苦闷的心情和对未来的迷茫。

下文开始正面叙述词人在郴州的悲凉处境。"可堪"句中的"馆"字点明游子身份，暗示羁旅漂泊之愁，而在其前面衬一"孤"字，则更加突出了词人孤苦无依的现实境况和孤单的心境。更可悲的是，词人置身其中的这座"孤馆"还处于"春寒"之中，其内心的凄苦可见一斑。这还不够，词人将感情继续深入，写杜鹃悲啼，残阳西下。此处视听结合，景象悲凉，将词人纷繁的愁苦之情推到了极致。

"驿寄"两句用典，抒发对家乡和亲朋好友的思念。词人被贬郴州，前途渺茫，面对亲朋的来信和礼物，不仅无法得到安慰，反而加重了自己的离愁别绪。"梅花"和"尺素"越多，离愁别恨也就越深，于是词人发出"砌成此恨无重数"之语。"砌"字极为传神，那封封书信、件件礼物，如同砌墙的块块砖石，将这深重的愁绪层层堆起，以致"无重数"。这样表达一方面把抽象的愁具象化，另一方面，虚实结合，暗用比喻，言词人心中的离恨如砖石一样坚实沉重，难以消解，形象贴切。

最后两句是在前文感情层层深入、愁绪重重累积的基础上发出的喟叹，表面上看是借郴江之景抒思乡之情，但实际上这两句言简义丰。在词人的笔触下，郴江、郴山等自然之景好像都产生了人的情感，"幸自""为谁"本是平常之语，在这里却将无情的山水变得有情，词人向郴江发问："你本来应该围绕着郴山流的，为什么要流到潇湘而不返呢？"言有尽而意无穷。

这首词通过细腻的语言、婉曲的手法刻画了词人被贬后孤独凄凉的心境，表达了羁旅之愁、思乡之切和无法言说的幽怨，体现了孤苦无依的悲凉之感和对前途的迷茫，意境幽深旷远、凄迷深邃。词人是婉约派代表人物，这首词将其含蓄委婉的艺术风格体现得淋漓尽致。

阮郎归①

原文

湘天风雨破寒初，深沉庭院虚。丽谯②吹罢《小单于》③，迢迢清夜徂④。

乡梦断，旅魂孤，峥嵘岁又除。衡阳犹有雁传书，郴阳⑤和雁无。

注释

①阮郎归：这首词为秦观郴州除夕之作。其时岁暮天寒，词人孤馆羁旅，伶仃一人，独对清夜，不禁有家山之思。全词于浅语、淡语中蕴有深远意味，抒写了无比哀伤的情感，寄托了沉重的身世感慨。

②丽谯：城楼。

③《小单于》：唐代大角曲名。

④徂：消逝。

⑤郴阳：郴州，在衡阳南。

译文

岁暮的郴阳风雨交加，寒冷如初。深深的庭院里空荡无人。城楼上传来《小单于》的乐曲声，漫漫的清冷长夜，就这样渐渐地消逝。

思乡的梦被无故打断，旅途孤苦凄凉，现在正是万家团圆的新年夜。衡阳还可以有鸿雁传书捎信。这郴阳比衡阳还远，所以连鸿雁影子都见不到，更是没有家乡的消息。

赏 析

这是一首写岁末思乡的抒情之作，作于宋哲宗绍圣四年（1097 年）末，当时词人寓居在湖南郴阳（即郴州）。新年即将到来，家家户户团聚庆祝，然而对遭遇贬谪、漂泊异乡的词人而言，这却使他比往日更加孤寂伤心。全词基调伤感低沉，感情深重绵长。

上片写深夜难眠，独在异乡的愁苦之情。前两句以凄冷的环境起兴，渲染了孤寂悲凉的氛围。第一句写岁暮的郴阳风雨交加，寒冷如初，这说明天气将不再像深冬那么冷，而开始转暖。"破寒初"指初春时节，依然非常寒冷。这里一方面是写实，另一方面也是孤单寂寞、处境凄凉的词人内心的真实写照。随后写深深的庭院里空空荡荡，更加重了词人的空虚孤寂之感。本应是喜气洋洋的欢乐日子，周围却一片寂静，自己又孤身一人漂泊他乡，"虚"字将词人苦闷、抑郁、思乡等一系列复杂的情感体现得淋漓尽致。后两句写城楼上传来《小单于》的乐曲声，漫漫清冷长夜，就这样渐渐地消逝。以城楼上的乐曲声反衬夜的寂静，可见词人因愁绪满怀而无法安眠，从而更见其孤寂之感和凄凉之境。

下片直抒胸臆，正面述思乡之苦。前两句抒羁旅之愁。"乡梦"也就是思乡的梦。这两句是说，思乡的梦被无故打断，旅途孤苦凄凉。语言简练直白，将寂寞愁苦的心境充分表达了出来。随后说现在正是万家团圆的新年夜，从而更反衬出自己的形单影只、寂寞无依。最后两句生发议论，说衡阳还可以有鸿雁传书捎信，这郴阳比衡阳还远，所以连鸿雁的影子都见不到，更没有家乡的消息。两相对比，更见词人处境之凄苦。

这首词以哀景写哀情，情意浓厚绵长，感人肺腑。全词言辞悲凄，意境惨淡，语调沉重，感情真挚，含有无穷的意蕴。

李之仪

李之仪（1038—1117年），字端叔，自号姑溪居士。沧州无棣（今属山东）人。熙宁三年（1070年）中进士。元祐末年从苏轼于定州幕府，终官朝请大夫。他的词，长调近柳永，短调近秦观。多次韵，小令长于淡语、景语、情语，学习民歌乐府，深婉含蓄。词作有《姑溪词》，收入毛晋《宋六十名家词》。

谢池春

原 文

残寒销尽，疏雨过、清明后。花径敛余红，风沼萦新皱①。乳燕穿庭户，飞絮沾襟袖。正佳时，仍晚昼。著人②滋味，真个浓如酒。

频移带眼③，空只恁④厌厌瘦。不见又思量，见了还依旧。为问频相见，何似长相守。天不老，人未偶。且将此恨，分付⑤庭前柳。

注 释

①风沼萦新皱：语本冯延巳《谒金门》词"风乍起，吹皱一池春水"。沼，池塘。

②著人：触动人。

③移带眼：《梁书·沈约传》说，老病，腰带经常移动眼孔，喻日渐消瘦。

④恁：这样，如此。

⑤分付：交托，托付。

译 文

冬日的残寒散尽，下过稀疏的春雨已过了清明时候。花间的小径聚敛着残余的落红，微风吹过池沼萦绕起新的波纹，小燕子在庭院门窗间穿飞，飘飞的柳絮沾了衣襟两袖。正是美妙良辰，夜晚连着白昼，令人感到滋味深厚，真个是浓似醇酒。

频繁地移动腰带的孔眼，只是那么白白看着自己病恹恹地消瘦，不见她却又相思，见了她却还是要分离，相思依旧。为此要问，与其频频相见，何如永远亲密厮守？天公无情天不老，人儿有情却落得孤独无偶，这份相思别恨谁理解，姑且将它交托庭前的垂柳。

赏 析

这是一首伤春怀人之作，表达了词人深切的思念和无限的离愁别绪。

上片借景抒情。开头两句点明时令是清明时节，小雨过后。"花径"四句选取了四种有代表性的景物，对环境进行细致的刻画：花间的小径聚敛着残余的落红，微风吹过池沼萦绕起新的波纹，小燕子在庭院门窗间穿飞，飘飞的柳絮沾了衣襟两袖。词人分别用"敛""萦""穿""沾"四个动词来表现春意之盎然，构成了一幅有动有静、生机勃勃的春日图景。上片末四句笔锋骤转，写正是美妙良辰，夜晚连着白昼，令人感到滋味深厚，真个是浓似醇酒。这四句表达含蓄，结构巧妙，其中的愁情与前文的美妙春景形成了强烈的对比，同时为下片抒发离别后的相思之情做铺垫。

下片直叙离情。前四句写词人频繁地移动腰带的孔眼，只是那么白白看着自己病恹恹地消瘦，不见她却又相思，见了她却还是要分离，相思依旧。词人与恋人见与不见都是痛苦的，在此基础上写"长相守"之难，期

盼之情溢于言外，真挚动人。可"长相守"的愿望无法实现，因此只能把原因归于上天——是这无情的天公让有情人孤独无偶。这样无力而深沉的喟叹，更显愁苦与无奈。最后两句以景结情，词人运用拟人的修辞手法，赋予柳以人的思想感情，将自己的愁情交托于它，那根根细长的柳丝正是词人内心无法排解的愁苦，形象生动，写法新颖。

此词将相思之情写得细腻绵长，婉曲动人。整首词一气呵成，情景皆佳，主题鲜明，有很强的艺术感染力。词中用浅显的语言抒离愁别绪，如话家常，可见词人的创作风格深受柳永"市民词"的影响。

卜算子

原 文

我住长江头，君住长江尾。日日思君不见君，共饮长江水。

此水几时休^①？此恨何时已^②？只愿君心似我心，定不负相思意^③。

注 释

①休：停止。

②已：完结，停止。

③"只愿"二句：化用顾夐《诉衷情》："换我心，为你心，始知相忆深。"

译 文

我居住在长江上游，你居住在长江下游。天天想念你却见不到你，共同喝着长江的水。

长江之水，悠悠东流，不知道什么时候才能停止？而自己的相思离别之恨，也不知道什么时候才能停歇？只希望你的心思像我的意念一样，就一定不会辜负这互相思念的心意。

赏 析

此词是一首言明心意的爱情作品，民歌风味浓郁，词人化身女主人公，向心上人表达自己的爱意和对爱情的执着追求。

上片写二人相隔之远，抒发深切的相思之情。前两句以长江起兴，写自己与心上人分别住在长江上游和长江下游，说明二人远隔千里的现实，突出相见之难，语言通俗易懂。后两句直抒女主人公对心上人的思念之情。其中"日日"表明思念从未间断，反映了相思之绵长。由于无法相见，女主人公唯一能安慰自己的就是"共饮长江水"，用水将两地联系起来，并将绵绵情思融于水中，细腻动人。单独看每句词，都平平无奇，但将这四句合在一起，其思想境界立刻得到了升华，产生一种缠绵悱恻的情思，含蕴无穷，动人心扉，值得细细体味。

下片是女主人公对自己心理的剖析，表达自己对爱情的忠贞不渝。"此水几时休？此恨何时已？"正如长江水滚滚不绝，女主人公对心上人的思念也永远不会断绝，可见其情意之深厚。这两句感情浓烈奔放，并且极富民歌风味。顾夐《诉衷情》中有"换我心，为你心，始知相忆深"之句，结尾两句就化自此，直言只要情意深厚，纵使有千里之隔，也不会辜负这份心意。

这首词构思独特，感情步步深入又回环往复，虽只有寥寥数语，行文却有跌宕的效果，言辞直白简练，情意真挚朴实，深厚绵长，是一篇佳作。

周邦彦

兰陵王（柳）

原文

柳阴直，烟里丝丝弄碧。隋堤①上、曾见几番，拂水飘绵送行色。登临望故国，谁识京华倦客？长亭路，年去岁来，应折柔条过千尺②。

闲寻旧踪迹，又酒趁哀弦，灯照离席。梨花榆火③催寒食。愁一箭风快，半篙波暖，回头迢递便数驿，望人在天北。

凄恻，恨堆积！渐别浦萦回，津堠④岑寂，斜阳冉冉春无极。念月榭携手，露桥闻笛。沉思前事，似梦里，泪暗滴。

注释

①隋堤：隋炀帝时开凿通济渠，沿岸修堤植柳，后人称为隋堤。

②应折柔条过千尺：古人习俗，折柳送别。

③榆火：唐宋时皇帝清明取榆柳之火赐百官，以顺阳气。

④津堠：渡口上供瞭望、住宿的土堡。

译文

成行的杨柳落下整齐的阴影，烟气笼罩下，细长轻柔的柳条随风飞舞，舞弄它嫩绿的姿色。在古老的隋堤上，曾经多少次看见柳絮飞舞，把匆匆离去的人相送。登上高台向故乡瞭望，旅居京城使我厌倦，可有谁知道我心中的隐痛？在这十里长亭的路上，年复一年，我为送客折下的柳条已超过千尺。

趁着闲暇到了郊外，本来是为了寻找旧日的行踪，不料又逢上筵席给朋友饯行。华灯照耀，我举起了酒杯，哀怨的音乐在空中飘动。驿站旁已是梨花榆火，提醒我寒食节就要到了。我满怀愁绪看着船像箭一样离开，艄公的竹篙插进温暖的水波，频频地朝前撑动。等船上的人回头相看，驿站早已隔远，他想要再看一眼天北的我哟，却发现已经是一片朦胧。

我孤零零的十分凄惨，离恨在我心头堆积。我徘徊在离别的水边，这时渡口已经静寂。夕阳慢慢西沉，春光无边。我不禁想起那次携手，在水榭游玩，月色溶溶。我们一起在露珠盈盈的桥头，听人吹笛。回忆往事，如同是在梦中，我不由得暗暗垂泪。

赏析

词人离京时，有感于自己颠沛流离的命运，写下了这首词。该词以柳起笔，表达了别离的愁苦怅恨之情。词人无法留下，不得不离京而去，望着堤上的垂柳，不禁百感交集，潸然泪下。全词迂回缠绵，格调沉稳凝重。

上片通过写堤岸的柳色渲染了分别的哀伤氛围。起首两句"柳阴直，烟里丝丝弄碧"，描绘了词人行将离去时所见的绿柳。其中的"柳阴直"，具有空间纵深感。成行的杨柳落下整齐的阴影，烟气笼罩下，细长轻柔的柳条随风飞舞，舞弄嫩绿的姿色。如此美景，对词人来说已司空见惯，因为他经历了很多次离别，每一次离别都在这片柳色中。"拂水飘绵"，细腻地展现了柳树送别离人时恋恋不舍的姿态。走上隋堤的词人，因望见了离人，不禁悲从中来，勾起了乡思和怅惘。这种心情恐怕难有人理解吧，

因为柳树只对离人寄寓惜别之情，而非词人这个"京华倦客"。接下来，词人的视线转回柳树，他想象着，那么多次的饯别，足以使相送的折柳累积超过千尺。上片的最后三句，词人直抒胸臆，为世间的分离而伤感，感情真挚，余味绵长。

中片写在离舟上，词人作别之时的所见所感，表达一腔离恨。词人乘舟启程，在一片宁静中，不禁追忆起了昔日的生活点滴。"愁一箭风快"四句，写词人自舟中回头所见之景，抒发了他远去后的感念。舟乘风而驰，归乡之人本该开心，词人却着一个"愁"字，之所以如此，是因为京中有令他不舍之人。他回望岸边，那个为他饯行的人，好似离他很远很远，只剩模糊的轮廓。中片的最后一句，寥寥五字，却蕴藏着绵长深远的惆怅哀伤。

下片是对中片的延续，写词人远去之后起伏的愁思。离舟渐远，词人内心的怅惘哀思，像漾开的涟漪一样层层漫延开来。"渐别浦萦回"三句，照应了词首的"柳阴直"，可知现在已至日暮时分。其中的"渐"字，表现了时间的推移，说明行舟远去，早已无法看到所望之人的身影。暮色苍凉，渡口因无人而清静寂寞，这也正反映了词人的内心感受。而夕阳慢慢西沉，春光无限，如此广阔的空间中，词人的零落孤独之感更为显著。这令他不由得回忆起那些在水榭、桥头上玩赏的欢快时光，它们仿佛是一场无边的美梦，破碎后只会令人垂泪不止。

这首词结构巧妙，虚实相生，极富感染力。全词由景起兴，首先，从隋堤绿柳牵扯出词人的追忆和离恨，并由此转至现实中的分别；其次，从分别的现况进行联想，预设了离人的哀伤，再由此表达自身对离散的所思所想；最后，从现在回溯，展开了一段美好的回忆。望见离人而惹出离愁，作别之际而追忆昔日的美好，这种迂回缠绵的情感表达，将词人满腹的别情、身世之感抒发得淋漓尽致。

琐窗寒

原文

暗柳啼鸦，单衣伫立，小帘朱户。桐花半亩，静锁一庭愁雨。洒空阶夜阑未休，故人剪烛西窗①语。似楚江暝宿②，风灯零乱，少年羁旅。

迟暮。嬉游处，正店舍无烟③，禁城百五④。旗亭唤酒⑤，付与高阳俦侣⑥。想东园桃李自春，小唇秀靥⑦今在否？到归时，定有残英，待客携尊俎⑧。

注释

①剪烛西窗：语本李商隐《夜雨寄北》诗"何当共剪西窗烛，却话巴山夜雨时"。

②暝宿：夜宿。

③正店舍无烟：元稹《连昌宫词》："初过寒食一百六，店舍无烟宫树绿。"

④百五：冬至后一百零五日为寒食节，禁火，吃冷食。

⑤旗亭唤酒：旗亭，酒楼。悬旗为酒招，故称。刘禹锡《武陵观火》诗："花县与琴焦，旗亭无酒濡。"

⑥高阳俦侣：指酒友。汉郦食其自称高阳酒徒，以谒刘邦。事见《史记》。

⑦靥：酒窝。

⑧尊俎：指宴席。

译 文

　　浓暗的柳荫里鸦声聒噪，身穿单衣的我孤独伫立，那小窗帘朱红门户令我魂牵梦绕。白桐花覆盖了半亩浓荫，静静地闭锁了满院的愁雨。愁雨淋洒着空阶，夜色将尽仍在淅淅沥沥，何时故人重逢，聚首西窗剪烛花倾诉知心话语，像少年羁旅漂泊楚江夜宿，江舟灯火在风雨中凌乱地闪烁。

　　而今年迈已暮年。嬉游在繁华的店舍，正逢寒食禁火。旗亭的呼酒放纵，都付与高阳酒徒们去豪饮狂欢。我只想念那座东园，春风桃李自然是一派繁华，不知那樱唇小巧、酒窝秀美的人而今是否还在？到我归去时，定还有残春未落的花瓣，而她也会携来美酒佳肴款待远方的归客，重温青春的欢悦和温暖。

赏 析

　　词人暮年时由一场寒食节的春雨，引发了羁旅乡思，创作了这首词。全词时间错落，虚实相生，曲折起伏，寄寓了对故乡亲人悠远绵长的怀思。

　　上片展现了词人异乡漂泊的困苦。词人孑然独立，在浓暗的柳荫中听乌鸦的哀鸣，望着绵绵春雨而触景生情，生发了寂寞哀思。"洒空阶夜阑未休"两句，令人从淅淅沥沥的雨声中听出了难耐的孤寂。夜雨缠绵，独对寒灯，则哀愁更深。这使词人想起了"何当共剪西窗烛"。综观上片，"似楚江暝宿"之前为现实，描写词人独对绵绵细雨的冷清凄凉之景，流露出一股孤寂落寞之情；之后则为回忆，由临窗枯坐的清寂，追忆了从前的漂泊旧事。词人少年时期辗转流离的经历与年老时客居他乡的处境在这风和灯影凌乱不堪的雨夜相贯通，将词人半生的悲楚境况和凄凉心情抒写得淋漓尽致。

　　过片又道词人的现状，用酒徒纵酒的欢乐对比自身的孤寂，掀起他对家乡春光的怀思。"想东园桃李自春"两句，词人由自己两鬓斑白，想起家乡的美丽春光、绝代佳人。这种因漂泊而思乡，因迟暮而怀旧，因节日而念人的心理表现，自然而又合理。词人回忆着故园繁花似锦的春色，设想了他返乡之后，却是春光消逝，花枯叶落。如此，就算重回旧地，自己的愁情也不会得以消解，他只能在酒醉中聊以自慰。下片回忆了昔日故园的春光，遥想春色凋零，两相对比，令人倍觉心酸。

全词迂回缠绵，愁思无限，词人将自己的漂泊之苦，对青春消逝的遗憾，以及浓郁的思乡之情，融入了眼前之景、回忆之景和遥想之景，情感表现得真挚而彻底，感人肺腑。

夜飞鹊

原 文

河桥送人处，凉夜何其？斜月远堕余辉。铜盘烛泪已流尽，霏霏凉露沾衣。相将散离会，探风前津鼓①，树杪②参旗③。花骢④会意，纵扬鞭、亦自行迟。

迢递路回清野，人语渐无闻，空带愁归。何意重经前地，遗钿⑤不见，斜径都迷。兔葵⑥燕麦，向斜阳、影与人齐。但徘徊班草⑦，欷歔⑧酹⑨酒，极望天西。

注 释

①津鼓：古时在渡口处设置的开船信号鼓。

②树杪：树梢。

③参旗：星宿名。

④花骢：五花马。

⑤遗钿：遗落的钗钿。此处代指情人踪迹。

⑥兔葵：植物名。

⑦班草：铺草而坐。

⑧欷歔：叹息声。

⑨酹：以酒浇地表示祭奠。

译 文

在河桥旁的亭中送别情人，久不忍别，深夜里弥漫着凉意，不知到了什么时分？残月曳着余辉远远地向西斜坠，铜盘中的蜡烛也即将燃尽，清凉的露水打湿了衣襟。临别前短暂的聚会即将散离了，探头听听随风传来的渡口鼓声，看看树梢上空参旗星的光影，已是到了黎明时分。那五花马仿佛会解人意，纵使我扬鞭催赶，它也只是自顾慢慢缓行。

原野上空旷清寂，归途竟是那么遥远寂静。我满怀离愁孤零零地踏上了归途，渐渐听不到渡口上那嘈杂的人声。我没想到再次来到当初与她分别的地方时，不仅未见她的一点遗迹，连偏斜的小路也都难辨迷离。低照的斜阳映照着兔葵、燕麦长长的影子，仿佛与人相齐，我在那曾与她相偎过的草丛边徘徊往复，以酒浇地，欷歔不止，放眼西方，空自断魂。

赏 析

这是一首写送别离情的词作。格调清新，韵律雅致，自然优美。上片描写离别之时的情景，下片抒发与恋人分别后绵绵无尽的愁绪。词人善用衬托、用典等艺术手法，抒情含蓄细腻，委婉地道出了离别的怅恨和苦痛。

起首两句"河桥送人处，凉夜何其"点明别离之处在河边桥上，送别时是清冷的夜晚。"斜月远堕余辉"以下三句，详细指出"凉夜"是一个残月暗淡，露水冰冷的秋日夜晚。之所以还要问"凉夜何其"，是因为不舍别离，想让"凉夜"就此停下。然而残月曳着余辉远远地向西斜坠，铜盘中的蜡烛也即将燃尽，清凉的露水打湿了衣襟，时间并不会因此暂停。这三句是对"凉夜何其"的回答，但不直说，而从景中现出，流露着别时的恋恋不舍。词人在这里，用"斜"修饰"月"，用"堕""余"修饰"晖"，用"凉"修饰"露"，令景物含愁情，而"烛泪"一词更见愁情的凄恻。"相将散离会"以下三句在对前文进行收束的基础上，推进了一层，意思是临别前短暂的聚会即将散离了，探头听听随风传来的渡口鼓声，看看树梢上空参旗星的光影，不能误了上路的时间。词人强调周围的变化，一方面体现了留恋之意，另一方面体现了临行时紧张的心情。"花骢"二句描写行将离去的最后时刻词人的不舍，他不说自己不舍，却说五花马仿佛解人意，纵使他扬鞭催赶，也只是自顾慢慢缓行。此处，词人将马拟人化，把满腔的不舍含蓄地表露了出来。

过片"迢递"三句紧承上片写分别之后的画面。恋人的背影慢慢消失，词人独自一人载愁回去，倍感原野空旷清寂，回路是那么漫长，这种感觉的变化彰显了别后浓烈的愁思。接着，"何意重经前地"以下三句进行了了无痕迹的转折，品来才明白前面的种种都只是回忆，自此处才开始写眼前事。这种构思巧妙独特，时间、空间突转，仿佛将上片化为了泡影。其中，"何意重经前地"一句总起下文，词意贯串到最后；"遗钿不见"一句写恋人走后，昔日所用之物皆寻不见，连个用来追怀的旧物都没有；"斜径都迷"一句描写昔日相送的小路也已无法辨别。接着，"兔葵"两句点明再到临别之地时正值日暮，低照的斜阳映照着兔葵、燕麦长长的影子，仿佛与人相齐。此二句借景抒情，渲染了扑朔迷离的氛围，寄寓着沧海桑田的变化，蕴含着斯人远去、景物不再的伤感。结尾三句，词人描写自己徘徊于从前到过的草丛中，一边眺望着恋人离去的方向，一边饮酒自醉。"欹歔"一词，是对人物姿态和情感的直接描绘。

全词曲折委婉，情绪充沛而饱满，构思独特且跌宕有致，富有层次感，时空转换顺畅，格调凄婉稳重，在抒发离情的词作中十分突出。

过秦楼

　　水浴清蟾①，叶喧凉吹，巷陌马声初断。闲依露井，笑扑流萤，惹破画罗轻扇②。人静夜久凭阑，愁不归眠，立残更箭③。叹年华一瞬，人今千里，梦沉书远。

　　空见说、鬓怯琼梳，容消金镜，渐懒趁时匀染。梅风地溽④，虹雨苔滋，一架舞红都变。谁信无聊为伊，才减江淹⑤，情伤荀倩⑥。但明河影下，还看稀星数点。

　　①清蟾：明月。

　　②画罗轻扇：绘有图案的罗扇。见杜牧《秋夕》："银烛秋光冷画屏，轻罗小扇扑流萤。"

　　③更箭：古代计时器，以铜壶盛水，壶中立箭以计时。

　　④溽：潮湿。

　　⑤才减江淹：传说江淹年少时，梦中人授其五色笔，因而文采非凡。后梦郭璞将其索回，自此诗无美句，人称"江郎才尽"。

　　⑥情伤荀倩：三国时魏人荀奉倩，名粲，与其妻感情甚笃。妻亡，伤心过度，不久亦卒。

　　圆圆的明月倒映在清澈的水中，像是在尽情沐浴。树叶在风中簌簌作响，街巷中车马不再喧闹。我和她悠闲地倚着井栏，她嬉笑着扑打飞来飞去的流萤，弄坏了轻罗画扇。夜已深，人已静，我久久地凭栏凝思，往昔的欢聚，如今的孤伶，更使我愁思绵绵，不想回房，也难以成眠，直站到更漏将残。可叹青春年华，转眼即逝，如今你我天各一方、相距千里，且不说音信稀少，连梦也难做！

听说她相思恹恹，害怕玉梳将鬓发拢得稀散，面容消瘦而不照金镜，渐渐地懒于赶时髦梳妆打扮。眼前正是梅雨季节，潮风湿雨，青苔滋生，满架迎风摇动的蔷薇已由盛开时的艳红夺目，变得零落凋残。有谁会相信为了她百事无心的我，像才尽的江淹，无心写诗赋词，又像伤情的荀倩，哀伤不已！举目望长空，只见银河茫茫，还有几颗稀疏的星星，点点闪闪。

$$\boxed{\text{赏 析}}$$

词人在这首词中，将自己凭栏到天明的情感变化娓娓道来。他追忆往昔，审视今朝，畅想未来，同时融合运用多种意象，寄寓别离的伤情和无限慨叹。全词昔与今交织，情与景交错，绵密细腻，跌宕起伏，读来倍感震撼。

这首词的关键，是上片中的"人静夜久凭阑"三句。寥寥几笔却构思精妙，将这三句之前的描写，自然地化为对往昔的回忆。夏夜，凭栏远眺的词人久久地凝望远方，心中愁思纠缠。就这样从日暮到夜深，再到曙光初现，更漏将残，他仍靠着栏杆远望，思念着久别的恋人。他感慨岁月无情，有情人相隔天涯，彼此间音信隔绝，就算在梦里也难以相见。他远望着，眼前浮现出恋人在房前院中执扇轻扑流萤的画面。明月倒映在清澈的水中，像是在尽情沐浴。树叶在风中籁籁作响，街巷中车马不再喧闹。这个夜晚是那么的清幽、宁静。

下片抒发双方的思念之情。"空见说"三句写恋人的相思。她在思念中

备受煎熬，害怕玉梳将鬓发拢得稀散，面容消瘦而不照金镜，渐渐地懒于赶时髦梳妆打扮。这里，词人用一个"渐"字，一个"趁时"，点出了时间的推移，将恋人身心的变化生动地显露出来。写完人，词人笔锋一转，用"梅风"三句描写眼前之景。梅雨季节青苔滋生，这是风雨所致，也有无人踏足的缘故。而满架迎风摇动的蔷薇已由盛开时的艳红夺目，变得零落凋残。这种寓情于景的写法，含有时序变化，也道出了词人萧索凄苦的心境。接着，词人又从写景转向抒情，通过"谁信"三句表达对恋人的想念。这里，"无聊"一词是概括地写，"为伊"一词则是重笔着落处。词人认为，思念之苦使他像才尽的江淹，无心写诗赋词，又像伤情的荀倩，哀伤不已。这样的思念，让他想立即长出双翼，飞至恋人身边，宽慰她的相思。然而团聚无望，这一切不过是虚无缥缈的"空见说"。此处，词人用"谁信"一词展露内心深处的苦痛，是对这种相思之情的加深。种种描写，可以见出词人沉稳持重的创作风格。歇拍"但明河影下，还看稀星数点"，写银河茫茫，还有几颗稀疏的星星，点点闪闪，暗示词人一夜无眠。这与上片中的"人静"三句相互照应。星河壮阔，掀起了抚今追昔之情的巨大波澜，似乎也将全词所有的情感收至其中，如此作结，情深而意远。

这首词，上片由外及内，先描绘秋日凉夜的各种景物，再写人物动作，最后刻画内心世界，发出"年华一瞬，人今千里"的哀叹，顺承这一叹惋，下片进行了渲染。整首词融合了现实和想象、往昔和今朝，曲折跌宕，意境幽远而雄浑，极具巧思，艺术感染力十足。

花犯（梅花）

原 文

粉墙低，梅花照眼，依然旧风味。露痕轻缀。疑净洗铅华，无限佳丽。去年胜赏曾孤倚。冰盘同燕喜。更可惜①、雪中高树，香篝熏

素被②。

今年对花最匆匆，相逢似有恨，依依愁悴。吟望久，青苔上、旋看飞坠。相将③见、脆丸④荐酒⑤，人正在、空江烟浪里。但梦想、一枝潇洒，黄昏斜照水⑥。

注 释

①可惜：可爱。

②香篝熏素被：谓白雪覆盖着梅树，犹如香篝（熏笼）上熏着素被。

③相将：将要。

④脆丸：梅子。

⑤荐酒：佐酒。

⑥"但梦想"二句：用林逋《山园小梅》诗意："疏影横斜水清浅，暗香浮动月黄昏。"

译 文

低低的粉墙上，梅花在枝头风采照人眼，同往年一样。花面上的露水痕迹还在，透明晶莹，如同一位洗净铅华的美人，天生丽质，美丽天然。去年梅花开放时，我也是一个人独自观赏。我也曾经在酒宴之上，愉快地把玉盘中的青梅品尝。更令人觉得可爱的是，那高高的梅树覆雪，宛如香篝上熏着一床雪白的棉被。

今年赏花太匆忙。我看梅花开得憔悴，似乎它也懂得相逢苦短，依依惜别，满腹愁肠。我对着梅花怅望叹息，眼看着一片片花瓣，飘坠青苔之上。不久就到了青梅再来下酒的时候，那时我又出发了，在浩如烟海的江面上与风浪为伍。我只愿自己化作一枝梅花，每日当夕阳西下时，静静地安然立在水边。

赏 析

　　词人在该作品中融入了对身世命运的感怀之情，从不同视角、不同方位，委婉曲折地抒发了压抑在其内心的种种复杂情感。

　　上片中，词人从目之所及的梅花落笔，描绘它的绰约姿态，再通过对比往昔的赏梅情景，说明梅花依然保有从前的风采。"粉墙低"以下六句，描写伸出房舍墙头的一枝梅花，花面上的露水痕迹还在，透明晶莹，如同一位"净洗铅华"的美人，是那样天然纯粹。此处的"依然"一词为下文讲述往昔的赏梅情形设了伏笔。对此，词人先说"去年胜赏曾孤倚。冰盘同燕喜"，流露出漂泊的孤苦之情，他孤单地欣赏梅花，又正遇上宴饮，凄苦寂寞之情便更加明显。接着词人再道一句："更可惜、雪中高树，香篝熏素被。"意思是，更令人觉得可爱的是，那高高的梅树覆雪，宛如香篝上熏着一床雪白的棉被。

　　下片中，词人将飘远的心绪拉回，落到眼前所见的梅花上，从而展开了遐思。他想着青梅成熟可用来下酒之时，正值羁旅途中，一旦离开，梅花的风姿便只在梦里可见。"今年对花最匆匆"三句，词人说他就要离开，所以没有闲心认真欣赏梅花，而眼前的梅花在这种情况下，也让他觉得似乎带了怅恨离愁，人与花都含了苦痛，则苦痛盈满似要溢出。这种移情于物的写法，也见于词人《六丑》一词中对蔷薇的描写："长条故惹行客，似牵衣待话，别情无极。"接着，"吟望久，青苔上、旋看飞坠"呈现了梅花衰败零落的样子。就在词人想开口赋词，咏叹别情之时，梅花突然轻轻飘落，花瓣散在了青苔上。这两句，可以视为真实画面的呈现，也可以视为一笔虚写，飘落的梅花正像他心中滴落的眼泪。紧承着梅花飘落，词人遐想："相将见、脆丸荐酒，人正在、空江烟浪里。"青梅成熟后能用来佐酒，但那时他早已离去，无福消受。词人在歇拍中，将自己的遐想推进一层，他叹道："但梦想、一枝潇洒，黄昏斜照水。"此去一别，不知何日才能归来，要想目睹日暮黄昏下梅花清逸的风姿，便只能在梦里了。

而梦里隐约的花影，正照应了开头的"照眼"梅花。

这首词并未对梅花进行写实描绘，而是融入了词人的思绪变化，使梅花带有了人的情感，灵动而鲜活。全词构思巧妙，描绘梅花，同时写己，含蓄婉转，起伏有致，余韵悠长。

大酺（春雨）

原 文

对宿烟收，春禽静，飞雨时鸣高屋。墙头青玉旆①，洗铅霜都尽，嫩梢相触。润逼琴丝，寒侵枕障，虫网吹粘帘竹。邮亭无人处，听檐声不断，困眠初熟。奈愁极频惊，梦轻难记，自怜幽独②。

行人归意速。最先念、流潦③妨车毂④。怎奈向⑤、兰成⑥憔悴，卫玠⑦清羸，等闲时、易伤心目。未怪平阳客⑧，双泪落、笛中哀曲。况萧索、青芜国⑨。红糁⑩铺地，门外荆桃如菽。夜游共谁秉烛⑪？

注 释

①旆：泛指旌旗。

②幽独：寂寞孤独的人。

③流潦：道路积水。

④毂：车轮中心的圆木，代指车轮。

⑤向：语气助词。

⑥兰成：文学家庾信，小字兰成。

⑦卫玠：晋人，字叔宝。美仪容，有羸疾，每乘车入市，观者如堵，玠体力不堪，成病而死。

⑧平阳客：东汉马融，为督邮，独卧平阳邬中，闻洛阳客吹笛，因念离京师多年，悲从中来，遂作《长笛赋》。

⑨青芜国：杂草丛生的地方。温庭筠《春江花月夜》："花庭忽作青芜国。"

⑩红糁：比喻细碎的花瓣。

⑪夜游共谁秉烛：李白《春夜宴桃李园序》："古人思秉烛夜游，良有以也。"

译 文

昨夜的烟雾已经消散，此时天地间寂静，听不到鸟声喧喧，只有飞落的雨滴，不时敲打着屋檐。新生的嫩竹探出墙头，青碧的颜色如玉制的流苏一般。皮上的粉霜已被冲洗净尽，柔嫩的竹梢在风雨中摇曳，相互碰撞摩缠。雨气潮湿，松了琴弦。寒气阵阵，侵入枕头帏幛之间。风吹着落满尘灰的蛛网，一丝丝粘上竹帘。在寂寥的旅馆，听着房檐的水滴声连绵不断，昏昏沉沉，我独自困倦小眠。怎奈心中太苦闷焦烦，梦境连连被雨声惊断，它是那么恍惚轻浅，醒后难以记住星星点点，幽独的我只有自伤自怜。

我这远方的游子归心似箭，最担心的是满路泥泞把车轮粘连，使我无法把故乡返还。怎奈我现在的情景，就像当年滞留北朝的庾信，苦苦地思念故园；就像瘦弱的卫玠，多愁多病而易伤心肝。困顿清闲，更容易忧愁伤感。难怪客居平阳的马融，听见笛声中的幽怨，就悲伤得泣涕涟涟。更何况在这长满青苔的客馆，萧条冷落，已被凋残的点点红花铺满。如今门外的樱桃已经结成豆粒大的果实，却无人与我共同赏玩。

赏 析

这首词借迷蒙的春雨，抒发了词人的羁旅愁思及对故乡的思念之情。

上片描绘了晚春之雨，表达了雨中之愁，下片叙述了归途因雨而中断，展现了春光消逝的凄凉景象，含蓄地道出词人思归的急切，以及对归路坎坷的怅惘。

上片对雨中愁怨进行了细腻描摹。起笔三句，寥寥数语便将寂静的暮春晨景写得生动形象，这时鸟还未叫，万籁俱寂。对比昨夜的疾风骤雨、嘈杂喧闹，便更显今日的寂静，这种清寂也为抒发愁怨渲染了气氛。"墙头"三句，承接了前文的宁静，描绘了新生的嫩竹，探出墙头，青碧的颜色如玉制的流苏一般，给人以清新洁净之感，隐约透出了愁思。"润逼琴丝"三句，由外景至内景，细腻地刻画了房中的几种物品，它们沾染了雨水的潮气，散发着阵阵寒气。这潮气，或许是由眼泪而来；这寒气，或许是由心寒所生，伤愁丝丝缕缕，都蕴藏在其中。其中的"虫网吹粘帘竹"一句很是巧妙，通过对细节的捕捉刻画，透露出寂寞孤独的心境。"邮亭无人处"一句，说明愁怨是由分离之苦而引起。"听檐声"五句，直接描绘了词人的愁态。他在寂寞的旅馆，听着房檐的水滴声连绵不断，昏昏沉沉，独自困倦小眠。怎耐心中太苦闷焦烦，梦境连连被雨声惊断，恍惚轻浅，醒后难以记住星星点点，幽独的他只有自伤自怜。

下片对客居愁思进行了铺陈。前两句展现了一位归乡迫切，心怀忧虑的游子形象，他害怕自己的车子被雨水阻滞，无法前行，想尽快返乡。接下来三句，词人妙用典故，将自己的境况与思念故园的庾信和因愁消瘦的卫玠相比，婉转地道出自己的悲愁之深。"未怪"两句，用马融闻笛声而悲泣之典，将羁旅愁情写得具体可感。"况萧索"以下四句，词人笔锋突转，讲述自己身处异乡客馆，望着外面的樱桃，希望有人和他一起欣赏，然而欲寻不得的无奈怅惘。全词到这里戛然而止，起伏缠绵，委婉曲折，诉尽了满腔的客居愁苦、思归之情。

这首词绘景时细致入微，含情脉脉；抒情时善于用典，婉转蕴藉，具有很强的艺术感染力。

解语花（上元）

原 文

风销绛蜡，露浥①红莲②，花市光相射。桂华流瓦。纤云散、耿耿素娥③欲下。衣裳淡雅，看楚女、纤腰④一把。箫鼓喧，人影参差，满路飘香麝。

因念都城放夜⑤，望千门如昼，嬉笑游冶。钿车罗帕，相逢处、自有暗尘随马。年光是也，惟只见、旧情衰谢。清漏移，飞盖⑥归来，从舞休歌罢。

注 释

①浥：沾湿。

②红莲：指莲花形的灯。

③素娥：嫦娥。

④纤腰：《韩非子·二柄》："楚灵王好细腰，而国中多饿人。"杜牧《遣怀》："楚腰纤细掌中轻。"

⑤放夜：旧时都城有夜禁，街道断绝通行。唐代起正月十五夜前后各一日暂时弛禁，准许百姓夜行，称为"放夜"。宋沿唐制。

⑥飞盖：疾驰的车辆。盖，车篷。此处代指车。

译 文

风中红蜡渐短，雨水打湿莲灯，花市中光芒四射。月亮的清辉，向琉璃瓦上不断地倾洒；那细细云丝飘散后，月宫里嫦娥的身影变得更加清晰，似乎马上就要飘然而下。近处几位淑女，新衣穿得素淡高雅；这南方楚地美女，纤腰细不盈把。洞箫声与腰鼓声此起彼伏，老人与孩子身影杂杳，麝香满街弥漫，笼罩着远近人家。

我于是想起了早年，都城里解禁的上元夜，看家家户户灯火通明，如同白天，到处都是嬉戏笑谈的绿女红男。豪华的马车上，少女们罗帕遮面；相逢的地方，总少不了随马的暗尘飞扬。风景年年如是，不同的是，当年的激情已大大衰减。星移斗转，马车飞也似的驶还，一任他人继续歌舞狂欢直到散去。

赏 析

词人客居异地，时逢元夕有感而发，创作了这首词，通过今昔对比，感慨时运不济，倾诉内心的哀愁。全词布局严谨，情感绵密，沉郁稳重，很有特色。

上片描写词人所见的元宵夜景象。首句中的"销"字，生动地刻画了红烛销蚀变短的样子。不过从"花市光相射"可知，烛火并未因蜡烛销蚀而暗淡，反而更加明旺，将元宵佳节点染得绚烂夺目。这两句以"露浥红莲"一语连贯起来，朦胧缥缈，意境幽远。接着"桂华流瓦"，描绘了明月的清辉，更展现了它的绰约风姿，并引起了下句。"纤云散、耿耿素娥欲下"，那细细云丝飘散后，月宫里嫦娥的身影变得更加清晰，似乎马上就要飘然而下。接下来，词人从天上明月转至地上人间，描绘世俗人情之美。不过，词人只着重刻画了元宵夜出来游赏的美丽女子的婀娜姿态。

下片以"因念"二字引起，写词人对往昔的追忆。"都城放夜"点明了地点和时间；"千门如昼"仅四字，便将灯火通明的景观写得旷阔无比；"嬉笑游冶"由写景转为刻画元宵佳节的游赏状况。以上种种，皆为元夕夜的常见画面，但词人并未泛泛而谈，而是突出了"钿车罗帕，相逢处、自有暗尘随马"两句所呈现的景象。"暗"字既用来修饰随马而起的轻尘，也暗含着密会的意思。写罢外在，词人开始进行自述，感叹时运。"年

光"两句，表明元宵夜每年都有，但自己的欢乐只会留在昨日，无法延续至今。星移斗转，马车飞也似的驶还，一任他人继续歌舞狂欢直到散去。欢度佳节本是乐事，他为何要早早返回呢？从"从舞休歌罢"一句可得知一二，或许没有了兴致，又或许因为害怕热闹散去后，被无尽的萧索寂寥纠缠，与其等到最后，不如尽快离开。个中意味耐人回味，留给人丰富的想象空间。

全词布局精妙，辞藻优美，情深意切，极富意境。

蝶恋花

原 文

月皎①惊乌栖不定，更漏将残，辘轳②牵金井。唤起两眸清炯炯③，泪花落枕红绵冷。

执手霜风吹鬓影④，去意徊徨⑤，别语愁难听⑥。楼上阑干横斗柄，露寒人远鸡相应。

注 释

①月皎：月光皎洁明亮。

②辘轳：象声词。指辘轳车转动的声音。

③炯炯：形容目光明亮。

④霜风吹鬓影：李贺《咏怀二首》（其一）："弹琴看文君，春风吹鬓影。"有夫妻相怜之意。

⑤徊徨：徘徊、彷徨。

⑥难听：不忍听。

译 文

　　月光皎洁明亮，乌鸦的叫声不停。更漏已经要没有了，屋外摇动辘轳在井里汲水的声音传进房间。这声音使女子的神情更加忧愁，一双美丽明亮的眼睛流下泪水，她一夜来眼泪一直流个不停，连枕中的红绵都湿透了。

　　两人手拉着手来到庭院，任霜风吹着她的头发。离别的双方难舍难分，告别的话儿听得让人落泪断肠。楼上星光正明亮，北斗星横在夜空。天色渐明，远处传来鸡叫，仿佛催人分别。

赏 析

　　这首词描写女子与恋人离别，结构完整，画面选取精准且衔接流畅。

　　"月皎"三句写声音，盖因此时女主人公尚未醒来，故而这三句中所写意象均有使人惊醒的作用，使得结构合理，逻辑严谨。"惊"字与"不定"既是对乌鸦因"月皎"而惊醒的描写，也暗示了人物心理。"将残"的"将"字给人一种时间无情之感，汲水声更是确定无疑地表明分别的时刻就要到了。"唤起"二字承接开篇三句，而"两眸清炯炯"表明女主人公情思之哀婉，与下文的落泪相互呼应。同时，"清炯炯"用语颇奇，女主人公刚刚从睡梦中醒来，按常理推测，应是蒙眬之态，哪来的"清炯炯"？但结合离别的背景，想到女主人公这一夜的辗转反侧，便使人为此语拍案叫绝。夜间女主人公的哀伤与悲凉被词人用"红绵冷"三字轻轻点出，实在是妙笔。

　　"执手"句描写分别场面，画面转到了庭院。"霜风"再次点出时间，"吹鬓影"营造了女主人公鬓发凌乱的画面，暗示了人物纷乱的愁绪，与后文的"去意徊徨"相呼应。言出于心，心中愁思连绵，则言语也令人为之伤心。词人并未描写女主人公具体说了什么，而是用"愁难听"加以概括。结尾两句先点明时间，再写出"人远"的结果。"露寒"为行路之景，画面已转到路途上。"鸡相应"与"阑干横斗柄"相呼应，烘托了路途中寂寞的气氛。至此，词中的画面由室内转到庭院，又转到了路途；时间由"更漏将残"

转到"鸡相应",逻辑严谨,显示了词人杰出的铺叙功底。

　　这首词虽篇幅短小,却结构完整、画面连贯,显示了词人创作的苦心。其中景物对情感的有力烘托、时间与画面的严密对应,均体现了词人精湛的写作技巧。词中没有难解的字词,却传达出了深厚的离情。这首词可谓一篇颇具匠心的佳作。

解连环

原 文

　　怨怀无托。嗟情人断绝,信音辽邈。纵妙手、能解连环,似风散雨收,雾轻云薄。燕子楼①空,暗尘锁、一床弦索②。想移根换叶,尽是旧时,手种红药③。

　　汀洲渐生杜若④。料舟移岸曲,人在天角。谩记得、当日音书,把闲语闲言,待总烧却。水驿春回,望寄我、江南梅萼⑤。拼今生,对花对酒,为伊泪落。

注 释

　　①燕子楼:在今江苏徐州,相传为唐贞元年间尚书张愔之爱妾关盼盼居所。张死后,盼盼念旧情不嫁,独居此楼十余年。白居易曾写《〈燕子楼〉诗序》。后以"燕子楼"泛指女子居所。

　　②弦索:指乐器。

　　③红药:红芍药。

　　④杜若:芳草名。《楚辞·九歌·湘君》:"采芳洲兮杜若,将以遗兮下女。"

　　⑤望寄我、江南梅萼:用南朝陆凯寄梅事。

译 文

幽怨的情怀无所寄托，哀叹情人天涯远隔，音书渺茫无着落。纵然有妙手，能解开连环套索，却正如风雨停息，依旧是阴云绵薄、轻雾弥漫。佳人居住的燕子楼已成空舍，灰暗的尘埃封锁了琴床上弹歌奏乐的丝弦。楼前花圃根叶全已移栽换过，往日全是，她亲手所种的红芍药香艳灼灼。

江中的沙洲上渐渐长了杜若。料想她沿着弯曲的河岸划动小舟，人儿在天涯海角漂泊。空记得，当时情话绵绵，还有音书寄我，而今那些闲言闲语令我睹物愁苦，倒不如待我全都烧成赤灰末。春天又回到水边驿舍，希望她还能寄我，一枝江南的梅萼。我不惜一切，对着花对着酒，为她伤心流泪。

赏 析

同其他抒发怀人之情的词作不同，这首词的相思之情无法托付，因而表达的情愁极为悲苦无奈。

上片前三句，写主人公心中浓重的哀伤情怀，起势汹涌，蓄积已久的哀痛和悲伤展现得彻彻底底。"嗟情人断绝，信音辽邈"，对这种到极点的痛苦做了解释，原来是情人天涯远隔，音书渺茫无着落。接下来的"纵妙手"三句，因怨恨到极点而讽刺，借以泄愤。其中的"风散""雾轻"两词，暗中道出负心的恋人无比绝情，把曾经的深挚爱恋看得如风如雾般轻薄，并无半分珍重。面对这样的狠心人，主人公当斩断情丝才是，可他却难以自持。"燕子楼空"两句，则由怨怒生出绵长无尽的怅惘。现在楼中空无一人，丝弦蒙尘，主人公看着旧物，想起了从前恩爱的点点滴滴。"想移根换叶"三句也是回忆，却从惆怅又转为怨愤。当年她亲手栽红芍药的时候，曾宣称不会背叛，而今背弃誓约，真是寡情无义！可见，主人公内心的愤怒已至无以复加的地步。

下片笔锋急转，前三句流露出的深深思念，与前文表达的愤怒、讥讽和怅惘之情大相径庭，由此可见爱情的复杂难解。但不管是怨恨，还是讥讽，都逃不过一个"爱"字。又是一年春季，江中的沙洲上渐渐长了杜若，主人公遥想情人泛舟天涯，几欲为其寄送书信。但是她早就离开了，音信全无，书信又该寄去哪里？"谩记得"三句，是写对负心恋人来信的盼望，主人公想从只言片语中聊以自慰，可最终只是无望的幻想。他想到从前恩爱时，来往信笺不曾间断，而今那些闲语却令他睹物愁苦，便生发了想一把火将其烧成灰的念头。然而，这念头仅一晃而过，并未付诸实践。大概是他自己也知道，纵使信化作灰，自己的痴情也不会消退。"水驿春回"两句承接"汀洲渐生杜若"一句而来，直白地道出自己渴望来信的想法。全词最后三句凄冷无比，痛彻心扉，将词人心中的悲苦推至顶峰。他不惜一切也要"对花对酒"，为恋人泪流，倘若没有酒没有花，他又该如何纾解呢？言外之意，引人畅想。

这首词层次丰富，笔法婉转，跌宕起伏，情意绵密，读来令人肝肠寸断。

拜星月慢

原 文

夜色催更，清尘收露，小曲幽坊①月暗。竹槛灯窗，识秋娘②庭院。笑相遇，似觉琼枝玉树相倚，暖日明霞光烂。水眄兰情③，总平生稀见。

画图中、旧识春风面④，谁知道、自到瑶台畔。眷恋雨润云温，苦惊风吹散。念荒寒、寄宿无人馆。重门闭、败壁秋虫叹。怎奈向、一缕相思，隔溪山不断。

注 释

①小曲幽坊：幽深的小巷、街坊。

②秋娘：唐代歌女的通称。白居易《琵琶行》："曲罢曾教善才服，妆成每被秋娘妒。"

③水眄兰情：唐韩琮《春愁》诗"吴鱼岭雁无消息，水眄兰情别来久"。此化用其诗意，用以形容作者思念的女子明亮的眼睛和温馨的情感。

④画图中、旧识春风面：语本杜甫《咏怀古迹五首》诗"画图省识春风面"。

译 文

夜色深深，仿佛在催着天明。清清的露水洒落，让地面没有纤尘。月色幽静，小巷僻坊里一片迷茫。我见到那竹栏和灯光明亮的小窗，来到了她的庭院。欣喜地同她相识，犹如靠近晶莹的玉树琼枝，她就如一轮暖日，又如一片绚丽的朝霞。她的眼神明如秋水楚楚动人，温柔清雅宛若一株幽兰。这样的绝代佳人，实在平生少见。

从前，只在画中见过她，早已为她那绝世的美丽所倾倒，没想到有一天自己竟真能与她相伴。我们互相情意绵绵。无奈人世无常，将我们分开。如今我独自一人在荒郊野外，荒寒客馆，重门紧关。四壁颓败，只有秋虫在声声重复忧伤的歌。无可奈何，我对她的相思之情，虽然隔着万水千山，却无法断绝。

赏 析

这是一首追叙旧游的词作，和词人的另一首词《瑞龙吟》有关。词人擅长刻画女性形象，这首词描摹了一位妙龄女子的美丽姿容。

词人对于女子的出场，可谓颇费心思。他从女子居所的环境入手，先

渲染了幽清寂静的氛围。夜色深深，仿佛在催着天明，清清的露水洒落，地面没有纤尘。女子的居所绿竹环绕，窗明灯亮，格外雅致。到此时此地，女子才翩然出现。总结下来，词人通过慢慢地拉近与女子的距离，来引她出场，而用"笑相遇"三字，对相见时的欢喜点到为止，令人不禁遐想女子的美丽姿容。接下来的四句，层次分明地描写了女子的花容月貌："似觉琼枝玉树相倚，暖日明霞光烂"，描写初遇时她的明艳；"水盼兰情"，是对其情态的细腻刻画；"总平生稀见"，则是对她的直白称赞。这几句不落俗套，清新别致，在修辞上运用排比和比喻，使得佳人之美具体可感。前两句描绘美人的静态美，而"水盼兰情"则写其神情变化的动态美。这一层推进还不够，词人又道一句"总平生稀见"进行总说，这才完整地描绘出美人的形象。

　　过片"画图中、旧识春风面"一句，是说从前只在画中见过她，早已为她那绝世的美丽所倾倒，没想到有一天自己竟真能与她相伴。这是上片词情的延续，也是对"笑相遇"之前的追溯，可见词人钦慕佳人已久，此次相见分外欣喜。"自到瑶台畔。眷恋雨润云温"讲述了曾经的恩爱，前缀以"谁知道"三字，后缀以"苦惊风吹散"一语，便将前尘旧事打翻。词人运用比喻修辞，将被拆散的恋人比作被风吹散的云雨，委婉地道出了分离的缘由。行文至此，才令人恍然大悟，原来前面皆为回忆。"念荒寒"以下回到当下。词人独自在荒郊野外，荒寒客馆，重门紧关。四壁颓败，只有秋虫在声声重复忧伤的歌。这里借秋虫对词人遭遇的同情，含蓄地表露出词人内心愁苦之深重。"怎奈向、一缕相思"一句，与上片表达的欣悦之情形成鲜明的对比，凸显了词人当下的凄凉处境。最后一句是词人在今昔对比之后所下的结论，看起来格外纯粹，却以"怎奈向"三字领起，生发出无可奈何的怅惘和怀疑抱怨之情，令这份思念复杂了许多。

　　这首词结构精妙，层次分明，曲折缠绵，情真意切。

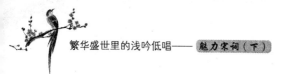

关河令

原 文

秋阴时晴渐向暝①，变一庭凄冷。伫听寒声，云深无雁影。

更深人去寂静，但照壁孤灯相映。酒已都醒，如何消夜永②？

注 释

①暝：日暮，天黑。

②夜永：长夜。

译 文

时阴时晴的秋日又近黄昏，庭院里突然变得清冷。伫立在庭院中静听秋声，茫茫云深不见鸿雁踪影。

夜深人散客舍静，只有墙上孤灯和我的人影相映。浓浓的酒意已经全消，长夜漫漫如何熬到天明？

赏 析

这是一首描写漂泊之苦的词作。全词情与景交织交融，上片写白天的景象，借景抒情，情在暗处；下片写夜晚的情形，以情衬景，情在明处。

上片起首就展现出一派清幽凄冷的秋日景象：时阴时晴的秋日又近黄昏，庭院里突然变得清冷。漂泊在外的词人独立于庭院中，他内心的凄风苦雨，与这样的秋景何其相似。鸿雁的啼鸣渐远渐弱，徒留词人深陷在孤寂的旋涡中。

过片"更深人去寂静"把上下片连贯起来，扩大了整首词的意境。

这句中的"人去"一词取用巧妙，一方面，凸显了羁旅中相聚与离散的无常，将久别亲人的苦痛写得淋漓尽致；另一方面，与后文所描绘的孤灯和人影相映的画面相互呼应。"人去"后孤寂万分，词人想继续沉醉以忘却烦恼，然而酒意全消，清醒地面对满室寂寞，在漫长的夜晚中独自煎熬，怀乡之思与寂寞之苦一重叠一重，让人怎堪忍受。整首词一改词人浓墨重彩的创作手法，所绘之景、所写之情都笼罩在一片寂寞的清冷之气中。

词人用律工稳，遣词造句精当准确。例如，首句中的"时"强调了晴天的珍贵。"伫听寒声，云深无雁影"曲折婉转，"寒声"者，秋声也。深秋时，万物萧瑟，寒风中发出的呻吟都可以叫寒声。词人笔下的孤旅伫立空庭，凝神静听的寒声，是云外旅雁的悲鸣。南飞的大雁都无法看到，词人心中蓄积的悲愁苦闷可想而知。

全词精雕细琢，字句看似普通，却无一不含蕴深刻，承载了深重的思念。对词句的琢磨锤炼，是词人的一大创作特点。

瑞鹤仙

原文

悄郊原带郭，行路永，客去车尘漠漠。斜阳映山落，敛余红犹恋，孤城阑角。凌波步弱①，过短亭、何用素约②。有流莺③劝我，重解绣鞍，缓引春酌。

不记归时早暮，上马谁扶④，醒眠朱阁。惊飙⑤动幕，扶残醉，绕红药⑥。叹西园已是，花深无地，东风何事又恶？任流光过却，犹喜洞天⑦自乐。

注　释

①凌波步弱：比喻女子步履轻盈，如乘碧波而行。曹植《洛神赋》："凌波微步，罗袜生尘。"吕向注："步于水波之上，如尘生也。"

②素约：旧约。

③流莺：代指出语婉转动听的歌女。流，形容其声音婉转。

④上马谁扶：李白《鲁中都东楼醉起作》："昨日东楼醉，还应倒接䍦。阿谁扶上马，不省下楼时。"

⑤惊飙：狂风。

⑥红药：红芍药。

⑦洞天：道家称神仙所居之地。此指青楼妓馆。

译　文

城郭连着郊外的平原。长路漫漫，客人的车马越去越远，一片寂静冷落，只剩下一溜尘烟。斜阳向山下沉没，渐渐收拢它的光线。残余的晚霞还在徘徊留恋，映照着孤城角上的栏杆。凌波般步态轻盈、娇软，过短亭，邂逅一面，何必有约在先。她用流莺般甜美的话语将我劝，重新解掉绣鞍，慢慢酌酒留恋。

记不得归时的早晚，也不知是谁将我扶上马鞍。醒来时发现睡在红楼里，一切往事如同梦幻。狂风吹动幕帘，我带着残醉来到庭院，围着红芍药花怅惘感叹。如今的西园也是落花满地，春风为何如此凶残？唉，任凭时光随意流去，可喜的是我心里自乐自闲，因为自己还有一个小小的福地洞天。

赏 析

这是一首借写离别，抒发身世之感的词作。词人讲述了从昨天傍晚至今天早晨发生的事及心境的变化，透露出一种忧伤的情调。

上片以一个"悄"字领起，使全词笼罩在一片清寂的氛围中。前三句描绘了行人车马远去的画面，点明了事由，隐含着离情。接着，"斜阳映山落，敛余红犹恋，孤城阑角"三句，呈现出余晖笼罩山峦、斜映孤城的绚丽美景，自然风光与人工建筑相映成趣。这里的后两句，说落日留恋孤城，暗露出离人的不舍。"凌波"两句笔锋一转，突然引入了一场邂逅，再缀上"有流莺劝我"一语，表现了偶然相逢的惊喜，词人的心绪也由伤感忽转为欣悦，然而换片刹住一笔，道出这场相遇已是昨日，欢欣之情急转成了怅惘。接着一句"醒眠朱阁"，巧妙地将"醒"置于"眠"之前，将词人睡后醒来的迷茫情态展露无遗。"惊飙动幕"一语，由静而动，狂风吹动幕帘，也摧残着百花，便有了下两句"扶残醉，绕红药"，但是落花满地，只叫人"叹西园已是，花深无地"。这几句生动细腻地描摹了花落的颓景，非常凄凉。因此，词人开始怨怪"东风"的凶残，情绪从怅惘转至愤恨。最后两句"任流光过却，犹喜洞天自乐"，则又有起伏，流露出词人心中的无奈，万事摧残又当如何？只能自得其乐，聊以自慰罢了。

全词构思巧妙，情感跌宕起伏，婉曲有致，写景、叙事和抒情自然相融，浑然一体。周邦彦善用比兴修辞，该词就很好地体现了这一点。

应天长

条风①布暖，霏雾弄晴，池塘遍满春色。正是夜堂无月，沉沉暗寒食。梁间燕，前社客。似笑我、闭门愁寂。乱花过、隔院芸香②，满地狼藉。

长记那回时，邂逅相逢，郊外驻油壁。又见汉宫传烛，飞烟五侯宅③。青青草，迷路陌。强载酒、细寻前迹。市桥远，柳下人家，犹自相识。

①条风：东风。也指春风。《史记·律书》："条风居东北，主出万物。条之言条治万物而出之，故曰条风。"

②芸香：指花的香气。

③"又见"二句：唐宋时寒食禁火，至清明日暮，皇帝宣旨取榆柳之火赏赐近臣。语本韩翃《寒食》诗："春城无处不飞花，寒食东风御柳斜。日暮汉宫传蜡烛，轻烟散入五侯家。"五侯，据《汉书》载，西汉成帝同日封王谭、王商、王立、王根、王逢时诸舅为侯，世称五侯。后泛指权贵。

东风吹来，大地回春。薄雾散去，一片晴空。池台亭榭一片生机，到处是美丽的春色。夜色沉沉，空中无月，正是寒时节节气，我心中愁苦，独自一人闷坐堂前。画梁间栖息的双燕，它们是旧客，与我相识熟悉，仿佛在一声一声笑我，一个人在屋门度日，孤孤单单。纷乱的花飞过墙去，隔院飘来香气，满地落花堆积。

我长久地记着那一次，我们偶然相遇，那时你的彩绘车停在郊野。如今又到寒食，宫廷中传送蜡烛，王孙的宅院中散出飞烟。青草地依旧，我却感到迷了路。我仔细寻找往日的旧迹。在柳荫里，寻到了那里的宅院。

赏 析

这是一首表露词人怅惘、愁苦内心的词作，构思婉曲，层层推进，含蕴深刻，荡气回肠。

开头三句描绘了盎然的春景图：东风吹来，大地回春。薄雾散去，一片晴空。池台亭榭一片生机，到处是美丽的春色。这三句虽然看似生机勃勃，语调昂扬，其实并不是这首词的基调。接下来的"正是夜堂无月，沉沉暗寒食"两句就是对前三句情调的逆转。词人用"正是"一词，道出了创作的情境：夜色沉沉，空中无月，正是寒时节节气。而这沉沉的夜色，弥漫在天地间，也笼罩了词人的心头，心灵变得沉重不堪。读到此处，才令人恍然大悟：原来开头的三句是对白天景色的描写。接着，"梁间燕，前社客。似笑我、闭门愁寂"三句，词人通过燕子的眼睛审视自己，就这样袒露了寂寞孤独的心境。"闭门"一词，是在影射词人压抑的内心。上片的最后，词人用"乱花过、隔院芸香，满地狼藉"描写残花满地的景象：纷乱的花飞过墙去，隔院飘来香气，满地落花堆积。这几句写得浓艳而哀婉，可谓妙笔生花。

换头三句"长记那回时，邂逅相逢，郊外驻油壁"，以"长记"这一核心词总领了下文对往事的追忆，意思是那珍贵的回忆令词人久久难以忘怀。这里的"那回"，指的是"邂逅相逢"的那年寒食之日。"时"是一句喟叹，为宋时人们常用的语气词，可理解为"呵"。这一声感叹，寄寓了词人内心深重的哀伤思忆。

然而，动人的回忆转瞬即逝。接下来，词人追叙的都是故地重游之景。"又见汉宫传烛，飞烟五侯宅"两句对节日氛围进行了烘托，同时暗指"邂逅相逢"发生在汴京。这里，词人用"又见"拨回到当年寒食节的那天，为下文讲述自己的苦苦寻觅埋下了伏笔。"青青草，迷路陌"，青草地依旧，词人却感到迷了路。但他偏偏还要"强载酒、细寻前迹"，"强"字流露出词人心生绝望却不肯放弃，强装坚强的心理活动。就这样，他心怀着微茫的希望，带着酒继续寻找，竟真的意外找到了——"市桥远，柳下人家，犹自相识。"柳荫下的那户人家认识他，可当年是两个人前来的，然而现在却只剩他一个。全词到这里悄然作结，回顾整篇，上片短短几句所绘的春景，仅为词人故地重游前的短暂感怀，后文描绘的凄凉景象、悲愁心绪，才是关键。

这首词分为四个层次。开头三句为第一层，追叙了寻觅旧迹当天的白昼景象；"正是夜堂无月"至上片最后是第二层，写的是寒食节夜晚的景象，是现实所见；换头三句是第三层，回忆了当年的相逢；"又见汉宫传烛"至结尾是第四层，追叙了故地重游。这四层，前后两层荡开，中间两层迷离悱恻，使得整首词变化多端、神秘莫测，词人用笔跌宕起伏、曲折缠绵，流露出深沉无尽的情思。

夜游宫

原 文

叶下斜阳照水，卷轻浪、沉沉千里。桥上酸风射眸子①。立多时，看黄昏，灯火市②。

古屋寒窗底，听几片、井桐飞坠。不恋单衾再三起。有谁知，为萧娘③，书一纸？

注 释

①"桥上"句：语本李贺《金铜仙人辞汉歌》诗"魏官牵车指千里，东关酸风射眸子"。酸风，刺眼的冷风。

②灯火市：犹言万家灯火。

③萧娘：唐代对女子的泛称。唐杨巨源《崔娘诗》："风流才子多春思，肠断萧娘一纸书。"

译 文

一抹斜阳透过树叶照在水面，江水翻卷着细细的浪花，深沉地流向千里之外。桥上的寒风刺人眼目，令人神伤。我伫立已久，眼看着黄昏将尽，街市上亮起了灯火点点。

陈旧的小屋里，我卧在寒窗之下，听到了井边几片梧桐落地的声响。不贪恋这薄薄的被子，几次三番起身下床。有谁知道我如此心神不安，辗转难寐，全是因为她的一封书信。

赏 析

这是一首抒发离情别绪、怀念往昔的词作。该词的独特之处在于先巧设悬念，引人深思和想象，再揭露答案，倾泻心绪，使全词曲折多变，悲苦至极。

上片起笔两句"叶下斜阳照水，卷轻浪、沉沉千里"，描绘了落日余晖映照下，江面波光粼粼，江水潺潺远去的美丽景象。这绵延不断的流水，正像词人的愁绪，而日暮昏沉，使他的哀愁更添一层。接着四句"桥上酸风射眸子。立多时，看黄昏，灯火市"，道出前文所绘之景是词人身处桥上所见。他伫立已久，眼看着黄昏将尽，街市上亮起了灯火点点。上片呈现的都是室外景象，写得疏密有致，形象生动地刻画了在落日西斜的美景中，一位因困于离情而迎风伫立远望的相思者的情状。其中的"酸风射眸子"，化自前人诗句，使相思的困苦更显浓重。

下片转而描绘室内景象。起首两句，是说词人返回陈旧的小屋里，卧在寒窗之下，听到了井边几片梧桐落地的声响。"古屋寒窗"从空间角度写孤独，"井桐飞坠"从声音角度写寂寞，将词人心中的孤苦痛楚加深了一重又一重。末尾四句令人恍然大悟，原来令词人忧心而无法入睡的，是给思念之人的一封信。至此，悬念揭晓，愁情全由思念而生。正因相思浓重，词人才不管天冷，数次起身下床，提笔写信寄托自己的念想。

这首表达相思的词，创作手法非常独特，用时间和空间的推移，带出景色的变化和情感的演进，逐层深入，最后才揭晓所愁之事。全词情景交融，构思巧妙，曲折多变，读来令人遐思无限。该词一改词人浮华艳丽的词风，写得通俗明了、畅快自然，将思念的哀愁表现得感人肺腑。

陆游

卜算子（咏梅）

原文

驿外断桥边，寂寞开无主。已是黄昏独自愁，更著风和雨。

无意苦争春①，一任群芳妒②。零落成泥碾③作尘，只有香如故。

注释

①争春：唐戎昱《红槿花》："花是深红叶曲尘，不将桃李共争春。"

②群芳妒：《离骚》有"众女嫉余之娥眉兮，谣诼谓余以善淫"句。

③碾：滚压，碾碎。王安石《北陂杏花》："纵被春风吹作雪，绝胜南陌碾作尘。"

译文

驿站之外的断桥边，梅花孤单寂寞地开放，无人过问。已是黄昏时分，她正独自愁苦，却又遭到了风雨的摧残。

她并不想费尽心思去争艳斗宠，对百花的妒忌与排斥毫不在乎。即使凋零了，被碾作泥土，化作飞尘，她依然和往常一样散发出缕缕清香。

赏析

这是一首咏物词。词人当时面对宋金之间的军事形势，极力主张抗战，却多次被打击，后无奈回乡，这首词便作于返乡之后，词人借梅花来表达自己不与世俗同流合污的高洁情操。

上片写景，写梅花在风雨中傲立。首句点明梅花生长之地——驿站之外的断桥边，可见其地之偏僻；第二句点明梅花并非人们刻意栽种，可见其孤单、无人理会的凄凉境况。后两句进一步写梅花的遭遇，一方面，词人运用拟人的修辞手法，写梅花独自愁苦，生动鲜活；另一方面，词人从外部环境来描绘，用"黄昏""更著风和雨"突出了环境的恶劣，令人慨叹。

下片赞美梅花，托物言志。前两句写梅花并不想费尽心思去争艳斗宠，对百花的妒忌与排斥毫不在乎。这里赋予梅花以人的思想感情，生动鲜明地刻画出其高雅朴实、淡泊名利、超然物外的美好品质。后两句承接前文，言其即使凋零了，被碾作泥土，化作灰尘，依然和往常一样散发出缕缕清香，从而赞美了梅花高尚的情操和坚贞的品格。这四句含义颇深，联系当时的社会背景和词人的处境，可知词中的"群芳"象征官场唯利是图、软弱自私之辈，而梅花则是词人自比，表达自己不管面对什么挫折困苦，都不会退缩的决心，以及高洁、坚贞的情操。

这是一首典型的托物言志的词作，词人借梅花抒发了自己坚贞不屈的品格。全词细腻婉曲，深沉隽永，意蕴无穷，是广为流传的佳作。

钗头凤

原文

红酥手，黄縢酒①，满城春色宫墙②柳。东风恶，欢情薄，一怀愁

绪，几年离索③。错，错，错！

春如旧，人空瘦，泪痕红浥④鲛绡⑤透。桃花落，闲池阁⑥。山盟⑦虽在，锦书⑧难托。莫，莫，莫！

注 释

①黄滕酒：指美酒。

②宫墙：南宋以绍兴为陪都，因此有宫墙。

③离索：离群索居的简括。

④浥：湿润。

⑤鲛绡：神话传说鲛人所织的绡，极薄，后用以泛指薄纱，这里指手帕。绡，生丝，生丝织物。

⑥池阁：池上的楼阁。

⑦山盟：旧时常用山盟海誓，指对山立盟，指海起誓。

⑧锦书：写在锦上的书信。

译 文

你红润酥腻的手里，捧着盛上黄滕酒的杯子。满城荡漾着春天的景色，你却早已像宫墙中的绿柳那般遥不可及。春风多么可恶，欢情被吹得那样稀薄。满杯酒像是一杯忧愁的情绪，几年来离群索居。遥想当初，只能感叹：错，错，错！

美丽的春景依然如旧，只是人却白白相思得消瘦。泪水湿润了脸上的胭脂红，又把薄绸的手帕全都湿透。满春的桃花凋落在寂静空旷的池上的楼阁上。山盟海誓还在，可写在锦上的书信再也难以交付。遥想当初，只能感叹：莫，莫，莫！

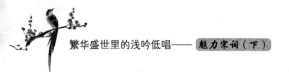

赏 析

　　这首词写的是词人与原配唐氏悲伤的爱情故事，表现了词人愁苦而又无法言说的悲凉心境。

　　上片可分为两层，通过回忆过去幸福美好的生活，抒发分离后痛苦的心情。前三句为第一层，写过去与唐氏一起游玩时的幸福场景。"红酥手"含义丰富，既刻画出唐氏斟酒时的娇美姿态，还反映了二人举案齐眉的甜蜜生活。"东风恶"至上片结句是第二层，写二人被迫分离后词人伤心欲绝的心情。"东风恶"既是引起全词情感的由头，也是词人的爱情发展成悲剧的直接原因，含蕴丰富深刻。它在这里更多的是一种象喻，指的是迫使二人分开的"恶"势力，一语双关，自然贴切。"欢情薄，一怀愁绪，几年离索"三句紧承前文，进一步表达了词人对"东风"的怨恨。幸福美满的婚姻被破坏，词人与妻子被迫分离，这使二人遭受了巨大的情感折磨，分别后每日萦绕在心头的只是说不清、道不明、排不走的满腔愁怨。最后以三个"错"字收束上片，感情强烈深重。

　　下片也分为两层，写当下景色和现实境况，更深层次地表现了分离之苦和伤心之痛。换头三句是第一层，写在沈园相遇时唐氏的情态。"春如旧"与上片"满城春色"相呼应，点明了相逢的环境和背景。美丽的春景依然如旧，只是人却白白相思得消瘦，也不再有从前的欢乐面容。"人空瘦"看似只是一句简单的外貌描写，但表现出她这几年过得并不快乐，侧面反映出分离给其带来了极大的痛苦。"泪痕"句着意描写唐氏的神态，体现了她难过的心情。"透"字下得极妙，以泪水之多反映唐氏伤心的程度之深。"桃花落"至最后为第二层，写词人遇见唐氏后引发的悲痛心绪。"桃花落，闲池阁"呼应上片的"东风恶"，"东风"无情，桃花才被吹落，这里以桃花喻唐氏，言娇美的唐氏因为"东风恶"而饱受摧残，以致日渐消瘦，词人的心境也因此变得悲凉。接着由景入情，直抒情思："山盟虽在，锦书难托。"这两句虽然语言简练，感情却极为深刻，将词人痛苦的心境

表达得淋漓尽致。虽说山盟海誓还在，自己痴心不变，可写在锦上的书信再也难以交付。"莫，莫，莫"是词人情意未了而又无可奈何的空自长叹，以这种沉痛的喟叹收束全篇，含蕴无穷。

辛弃疾

贺新郎（赋琵琶）

原 文

凤尾龙香拨，自开元《霓裳曲》罢①，几番风月？最苦浔阳江头客②，画舸亭亭③待发。记出塞、黄云堆雪。马上离愁三万里，望昭阳④、宫殿孤鸿没。弦解语，恨难说⑤。

辽阳⑥驿使音尘绝，琐窗寒、轻拢慢捻⑦，泪珠盈睫。推手含情还却手，一抹《梁州》哀彻。千古事、云飞烟灭。贺老⑧定场无消息，想沉香亭⑨北繁华歇。弹到此，为呜咽。

注 释

①自开元《霓裳曲》罢：据白居易《新乐府》自注："《霓裳羽衣曲》，起于开元，盛于天宝。"

②最苦浔阳江头客：白居易贬官江州，秋夜送客而闻江上女子弹琵琶，遂作《琵琶行》，内有"浔阳江头夜送客"句。

③画舸亭亭：郑文宝《柳枝词》："亭亭画舸系春潭。"

④昭阳：汉未央宫里殿名。

⑤弦解语，恨难说：陆游《鹧鸪天》："情知言语难传恨，不似琵琶道得真。"

⑥辽阳：在今东北境内，为边塞之代称。

⑦轻拢慢捻：出自白居易《琵琶行》"轻拢慢捻抹复挑"句，拢、捻与下文的推手、却手、抹都是琵琶指法。

⑧贺老：指贺怀智，唐玄宗时期的琵琶高手。

⑨沉香亭：唐都长安宫中殿名，为唐玄宗和杨贵妃游玩取乐之所。

译 文

凤尾琴板刻着凤尾，龙香柏木制成弹拨。盛唐开元年间霓裳羽衣的乐曲曾经何等辉煌，但一切都成过眼云烟。最不幸的是浔阳江头的诗客，亭亭画船等待着出发，忽听音乐声悲悲切切。记得王昭君出塞之时，边关黄云弥漫，看去像茫茫白雪。离乡去国三万里，乐曲声声述说着无限的哀怨。我回头眺望昭阳的宫殿，只见孤雁在天边出没。琴弦懂得人间的情意，多少幽恨无法向人述说。

征人去辽阳已经多年，如今什么音信都没有。佳人正在慢拨慢弹着琵琶，轻轻地揉弦慢慢地捻，她的伤心泪沾湿了那美丽的长睫。她含情脉脉，一会儿推手，一会儿却手，将《梁州》曲演奏得哀彻云霄。千古事，如一场云飞烟灭。贺老的压场绝艺再也没有消息，沉香亭北的繁华也从此风光不再。当音乐弹到这里，真让人伤心欲绝。

赏 析

此词是借古抒情之作，词人巧妙运用笔墨，把北宋的衰败和自己对故国、故人的怀念写得生动细致、酣畅淋漓。辛弃疾是著名爱国词人，其词着力表达了自己的爱国情怀，抒发英雄无用武之地的愤慨，词的意境雄浑辽阔，不单单是对北宋王朝日渐颓废的慨叹，也是对南宋王朝守成享乐、安于现状的讽刺。

整首词以"琵琶"为主题，多处用典，以此来抒发词人的情感，给人一种新颖别致的艺术效果。

此琵琶"凤尾龙香拨"，是杨玉环弹奏过的，也表明了往日的繁华盛世已不复存在，不由得让人扼腕叹息。"《霓裳曲》罢"标志着国运衰微与动乱开始。借唐说宋，点题而不露痕迹。

"最苦"二字调转笔锋，词人由怀古联想到自身，抒发国破流离之感，"浔阳江头"出自白居易的《琵琶行》，白氏送客于江边，"忽闻水上琵琶声，主人忘归客不发"。"画舸"出自郑文宝的《柳枝词》"亭亭画舸系春潭"。词人自比白居易，抒发了其流落天涯的孤寂之感。

"记出塞"数句陡然一转。"黄云堆雪"是说边关黄云弥漫，看去像茫茫白雪，词人从自身境遇转写国家大事。"离愁三万里"，离乡去国三万里，乐曲声声述说着无限的哀怨。"望昭阳"句寄寓着词人别样的情思，"孤鸿没"衬托了词人无比孤寂的情感。上片最后两句是说琴弦懂得人间的情意，多少幽恨无法向人述说。

词的下片写征人远去辽阳，一别数载，而今音信全无。琵琶声阵阵，诉说着闺人无尽的思念。"泪珠盈睫"，是说闺人因无比思念而痛哭流涕，伤心泪沾湿了那美丽的长睫，生动地再现了闺人苦闷哀愁、百无聊赖的神态，渲染了悲伤的氛围，揭示了主题。词中佳人弹筝手法高明，将《梁州》曲演奏得哀彻云霄。在她的琵琶声中，千古事如一场云飞烟灭。

"贺老"四句与词的开头首尾呼应，又一次说明盛世不再。贺老的压场绝艺再也没有消息，沉香亭北的繁华也从此风光不再。当音乐弹到这里，真让人"呜咽"不止，触发故国破碎的悲慨。

词中句句含情，韵味无穷。用典贴切，抒情自然，词句雅而不俗，情感细腻微妙。

摸鱼儿

淳熙己亥，自湖北漕移湖南，同官王正之置酒小山亭，为赋。

原文

更能消、几番风雨，匆匆春又归去。惜春长怕花开早，何况落红无数。春且住。见说道、天涯芳草迷归路。怨春不语。算只有殷勤，画檐蛛网，尽日惹飞絮。

长门事①，准拟佳期又误。蛾眉曾有人妒。千金纵买相如赋，脉脉此情谁诉。君莫舞，君不见、玉环②飞燕③皆尘土！闲愁最苦。休去倚危阑，斜阳正在、烟柳断肠处。

注释

①长门事：据汉司马相如《文选·长门赋序》："孝武皇帝陈皇后，时得幸，颇妒。别在长门宫，愁闷悲思，闻蜀郡成都司马相如、天下工为文，奉黄金百斤，为相如、文君取酒，因于解悲愁之辞。而相如为文以悟主上。陈皇后复得亲幸。"

②玉环：指唐玄宗宠幸的杨贵妃。

③飞燕：指汉成帝宠爱的皇后赵飞燕。

译文

淳熙己亥年，我从湖北转运副使任上调往湖南，同僚王正之在小山亭上摆酒宴为我饯行，为他作此词。

还能经受起几次风雨，美好的春季又急匆匆过去了。爱惜春光，尚且还经常担忧花儿会开得太早而凋谢太快，何况如今面对这无数红花落地的残春败落景象。我劝说春天：你暂且留下来吧，听说芳草已生遍天涯，会遮住你的归路，你还能到哪里去呢？怨恨春不回答，竟自默默地归去了。只有屋檐下的蜘蛛仍在整天殷勤地吐丝结网，粘网住漫天飞舞的柳絮，想保留一点春的痕迹。

别居长门宫，定准的重逢佳期又被耽搁了。那是因为美貌有人嫉妒，纵然用千金重价买下司马相如的《长门赋》，满腹情意该向谁倾诉？你们不要高兴歌舞了，你们没有看见杨玉环、赵飞燕早都变成尘土了吗？闲愁折磨人最苦！不要去高楼上凭栏远眺，夕阳正落在暮霭笼罩的柳树梢上，长夜即将来临，望之使人断肠。

赏 析

公元 1179 年，辛弃疾降职为荆湖南路转运副使，朋友为他送行，他便作了此词。此词表面写失宠女人的愁苦，实则表达了词人对国家命运的忧虑和长期遭受打压的悲愤之情。词中对南宋统治者的纸醉金迷、对投降派的放肆嚣张表现出了深深的痛恨。

上片抒发情感。词以"更能消"开头，看似就春景而发，实则写南宋朝廷的政治局面。宋室寓居江南后，朝廷颓废腐朽，错失良机，对金俯首称臣，朝廷岌岌可危。"匆匆春又归去"暗示这一势态。但是，如何才能将这美好春光留住呢？尽管词人"惜春长怕花开早"，但是现实冷酷无情："何况落红无数。"这两句起落有序，说明了理想与现实的差距。于是，词人高声呐喊："春且住。见说道、天涯芳草迷归路。"这里运用了拟人的修辞手法，表达了词人想收复故土的急切心情，反映了词人对投降派的厌恶、仇恨之情。上片的最后四句表明，尽管词人高声呐喊并发出义正词严的警告，但"春"却不予理会，所以不免要生出强烈的"怨"。束手无策之际，词人对"画檐蛛网"的

向往可以想见。哪怕能像"蛛网"那样网罗住一点儿代表春天的"飞絮"，也足以宽慰自己了。这四句把"惜春""留春""怨春"等情感进行交融，一唱三叹，手法高妙，将词人复杂又矛盾的心情展现得淋漓尽致。

下片借用典故，写拳拳的爱国之情无处诉说的痛苦。下片前五句，是词的关键。词人以陈皇后失宠自比，抒发自己赤胆忠心，却屡遭抵毁，受到排挤而报国无望的悲愤。"君莫舞"三句，词人用杨玉环、赵飞燕的凄惨结局，隐喻当权者误国、得志的小人只是暂时的猖狂，向投降派发出警告。最后以景作结，暗喻南宋朝廷正处在风雨飘摇之中。

此词艺术特色鲜明。第一，运用比兴手法，创造极富美感的意象表达词人的爱国情怀和对时局动荡的担忧。拟人的修辞手法与典故的灵活运用为词增添了色彩。第二，承袭屈原《离骚》的典型特点，用男女之情来隐喻政治斗争。第三，词句委婉曲折，顿挫有致，呈现出不拘一格的词风。此词看似婉约，实则情感极为激烈，写得非常悲壮、曲折。

木兰花慢（滁州送范倅①）

原 文

老来情味减，对别酒，怯流年②。况屈指中秋，十分好月，不照人圆。无情水、都不管，共西风、只管送归船。秋晚莼鲈③江上，夜深儿女灯前。

征衫，便好去朝天④，玉殿正思贤。想夜半承明⑤，留教视草⑥，却遣筹边。长安故人问我，道愁肠、殢酒⑦只依然。目断秋霄落雁，醉来时响空弦。

注 释

①倅：副职。

②对别酒，怯流年：苏轼《江神子·冬景》有"对尊前，惜流年"的句子，辛词从此化出。

③莼鲈：莼菜和鲈鱼，代指思乡。

④朝天：朝见皇帝。

⑤承明：承明庐，为朝官值宿之处。

⑥视草：为皇帝草拟制诏之稿。

⑦殢酒：沉湎于酒中。

译 文

我感到人生衰老，早年的情怀、趣味全减，面对着送别酒，怯惧年华流变。何况屈指计算中秋佳节将至，那一轮美好的圆月，偏不照人的团圆。无情的流水全不管离人的眷恋，与西风推波助澜，只管将归舟送归。在这晚秋天，江上有莼菜、鲈鱼脍品尝，夜色深深，你将和儿女灯前团聚，共享情意绵绵。

趁旅途的征衫未换，正好去朝见天子，而今朝廷正思贤访贤。料想在深夜的承明庐，正教你留下来草拟诏书，还被派遣筹划边防军备。京都故友倘若问到我，只消说我依然是愁肠满腹借酒浇愁愁难遣。遥望秋天的云霄里一只落雁消失不见，我沉醉中听到有谁奏响了空弦！

赏 析

此词是词人送别赴临安的友人时创作的送别词。词中不仅表达了词人对友人的激励，也表达了自己壮志难酬的悲愤之情。

上片起首两句"老来情味减，对别酒，怯流年"，直率地抒发词人的思想感情，毫无矫揉造作之感。此词作于词人壮年时期，但为何有衰老之

感呢？词人自青年时期就"突骑渡江"，率领众人南归后，想做一番惊天动地的事业，却历尽宦海沉浮，始终不受重用，所以才害怕年华老去。"况屈指中秋，十分好月，不照人圆。"词人官场失意，对节气的更替、月亮的圆缺都极其敏感，看到友人赶往临安，除感到不舍外，还有其他苦衷，于是心中翻腾，思绪万千。"都不管"与"只管"尽显"水"和"西风"的冷漠，表达了两层意思，不但联想到友人归途中的情景，又揭示出友人仕途的变化是朝廷形势导致的。"秋晚莼鲈江上，夜深儿女灯前。"词人掉转笔锋，笔力由遒劲变得柔软，意境浑厚超脱。

下片开始写送别。"征衫，便好去朝天，玉殿正思贤"承转上片末句，基调转为高昂。词人为了激励友人入朝，特意用有积极色彩的词语，语调昂扬有力。下片头二句说友人入朝前忠不避危，奋不顾身，第三句说朝廷正渴求友人这样的贤才。"想夜半承明，留教视草，却遣筹边"描绘了君臣友好，共为社稷的景象。词人想象友人在深夜的承明庐草拟诏书，还被派遣筹划边防军备，极言友人受到重用。这几句也表达了词人的抱负，表明自己愿为收复中原效犬马之力。下面又是转折之笔，词人将无边的思绪压制住，说"长安故人问我，道愁肠、殢酒只依然"，变激动振奋为纡徐消沉。意思是京都故友倘若问起，只消说自己依然是愁肠满腹借酒浇愁愁难遣。此处其实是表达自己不被重用的悲愤之情。上文一唱三叹，跌宕起伏，进行蓄势，到了末尾，忽然宕开一笔："目断秋霄落雁，醉来时响空弦。"词人在醉眼蒙眬之际拉满弓，空弦虚射，不料秋雁受惊跌落。此处想象奇妙，突出了一个壮志满怀，却不被重用的英雄形象。

此词联想丰富，词句跌宕起伏，结构严密，情感一波三折，气势抑扬顿挫，凸显了词人低沉奔放的风格。

祝英台近（晚春）

原 文

宝钗分①，桃叶渡②，烟柳暗南浦。怕上层楼，十日九风雨。断肠片片飞红③，都无人管，倩谁唤、流莺声住。

鬓边觑④，试把花卜归期，才簪又重数。罗帐灯昏，呜咽梦中语：是他春带愁来，春归何处？却不解、带将愁去③。

注 释

①宝钗分：古时情人分别之际，用女方头上金钗擘为两股以赠别。

②桃叶渡：今南京秦淮河与青溪合流处，传说东晋王献之有妾名桃叶，曾在此渡水。这里泛指男女送别之处。

③飞红：落花。

④觑：细看，斜视。

译 文

将宝钗擘为两截，离别在桃叶渡口，南浦暗淡凄凉，烟雾笼罩着垂柳。我怕登上层层的高楼，十天里有九天风号雨骤。片片飘飞的花瓣令人断肠悲愁，风雨摧花全没人来救，更有谁唤那黄莺儿将啼声打住？

细看簪在鬓边的花簇，算算花瓣数目将离人归期预卜，才簪上花簇又摘下重数。昏暗的灯光映照着罗帐，梦中悲泣着呜咽难诉：是春天他的到来给我带来忧愁，而今春天又归向何处？却不懂将忧愁带走。

此词是一首闺怨词，表达了深闺女子对行人的思念之情。词人用笔委婉曲折，将深沉的思念描绘得详细具体，感人至深。词人以闺中女子的口吻，叙说伤春和思念行人的哀愁，同时寄予了自己对祖国难以统一的悲伤之情。

上片前三句写一对恋人在烟雾笼罩的杨柳岸边，你侬我侬，难舍难分的离别场景。接着写"怕上层楼，十日九风雨"。恋人分别后，主人公登楼远望，思念离人，已肝肠寸断，更何况在"十日九风雨"的时节呢？寥寥数语，却含义丰富，层层递进，相互映衬，让人回味无穷。上片最后三句用曲折的笔触抒发离情，"都无人管"与"倩谁唤"，烘托了孤独凄凉的氛围。

下片前三句，词人悉心挑选有代表性的生活细节，把一个闺中女子期盼行人归来的复杂心理活动细腻地描绘了出来。她细看簪在鬓边的花簌，算算花瓣数目将离人归期预卜，才簪上花簌又摘下重数，怕自己数错。动作的反复，委婉地表达了闺中女子复杂微妙的情感。最后几句写她在梦中哭泣叨念。由"卜归期"到"梦中语"，动作变化大，由实写到虚写，表现出闺中女子陷于春愁，无处排解之情。

整首词抑扬顿挫，层层推进，感情越来越缠绵悱恻。怨语痴情都含于其中，展现了婉约词缱绻旖旎的风格。

青玉案（元夕）

东风夜放花千树。更吹落，星如雨[1]。宝马雕车香满路。凤箫声动，玉壶[2]光转，一夜鱼龙舞[3]。

蛾儿雪柳黄金缕④，笑语盈盈暗香去。众里寻他千百度。蓦然回首，那人却在，灯火阑珊⑤处。

注 释

①星如雨：形容高空中的烟火及彩灯。《左传·庄公七年》："星陨如雨。"

②玉壶：指月亮。

③鱼龙舞：指鱼灯、龙灯之类。

④蛾儿雪柳黄金缕：都是妇女头上所戴之物。

⑤阑珊：零落。

译 文

入夜，一城花灯好像是春风吹开花儿挂满千枝万树，烟火像是被吹落的万点流星。驱赶宝马拉着华丽的车子，香风飘满一路。凤箫吹奏起美妙动听的乐曲，天上明月清光普照，鱼龙花灯整夜腾跃飞舞。

美人的头上都戴着亮丽的饰物，有的插满蛾儿，有的戴着雪柳，有的飘着金黄的丝缕，她们面带微笑，带着淡淡的香气从人面前经过。在众芳里我千百次寻找她，可都没找着；突然一回首，那个人却孤零零地站在灯火稀稀落落之处。

赏 析

此词为婉约词，在艺术成就上可以媲美晏殊与柳永的代表性作品。本词通过写元宵节的热闹场景，突出女主人公遗世独立的品格，暗寓词人拒绝与小人为伍的高尚节操。词从首句"东风夜放花千树"就开始描绘元宵节繁华热闹的景象。但是词人的目的不在于写景，而是用元宵节的喧闹反衬女主人公的超

凡脱俗。"宝""雕""凤""玉"这些华丽的字眼,既是为了渲染元宵节的气氛,也隐含着对女主人公的赞美。

上片写元宵夜灯火通明、人声鼎沸的热闹场面,下片刻画了不汲汲于富贵、心清如水的女性形象。在茫茫人海中,词人千百次地寻找意中人,可都没找着,然而"蓦然回首,那人却在,灯火阑珊处"。她就孤零零地站在灯火稀稀落落之处。在找到意中人的一刹那,悲喜莫名,这是人生思想的汇聚和凝练。结尾三句,让人猛然领悟:上片中的花灯、明月、烟火、凤箫等种种意象构成的欢闹景象和下片成群结队的美人,原来都是为了衬托这意中人,而且,若无此人,这首词便了无生趣了。

整首词巧用对比,表现出词人不与小人为伍的高尚追求。

鹧鸪天(鹅湖归病起作)

原 文

枕簟溪堂冷欲秋,断云依水晚来收。红莲相倚浑如醉,白鸟无言定自愁。

书咄咄,且休休①,一丘一壑②也风流。不知筋力衰多少,但觉新来懒上楼③。

注 释

①书咄咄,且休休:表示失意不平的感叹。典故出自《世说新语·黜免》,殷浩被废弃不用,遂终日用手指在空中画写"咄咄怪事"四字。休休,唐司空图为其所建的濯缨亭取的别名。《旧唐书·司空图传》载,司空图轻淡名利,隐居中条山,他作的《休休亭记》云:休,休也,美也,既休而具美存焉。这里用休休表示向往隐逸的美好情怀。

②一丘一壑：谓寄情山水。《汉书·叙传》载班嗣书简云："渔钓于一壑，则万物不奸其志；栖迟于一丘，则天下不易其乐。"

③"不知筋力衰多少"二句：刘禹锡《秋日书怀寄白宾客》有"筋力上楼知"之句，幼安用此。

译 文

躺在竹席上，只见浮云顺水悠悠，黄昏的暮色将它们渐渐敛收。红艳艳的莲花互相倚靠，好像姑娘喝醉了酒，羽毛雪白的水鸟安闲静默，定然是独个儿在发愁。

与其像殷浩朝天空书写"咄咄怪事"发泄怒气，不如像司空图寻觅美好的山林安闲，自在去隐居，一座山丘，一条谷壑，也自风流潇洒。我不知而今衰损了多少精力，连上楼都无心无力。

赏 析

这首词寄情于景，基调低沉，应是词人受小人诬陷，被罢官免职，居于上饶，大病初愈时聊寄情意的作品。

上片描绘景物，烘托气氛。"枕簟"句点明节令即将更替：枕簟让人感到凉意，溪堂也变得冷起来，虽然还没有真正进入秋季，却能感受到秋天凄冷的氛围。这突然的凉意，不仅反映了大自然的时令变化，而且是词人内心的写照。"断云"句描写江面上的景色，这寂寥的景色有一种空阔之美，词人由景生情，感到无比怅惘。"红莲"二句，词人的视线由江上收回，改写眼前之景。他由莲之红联想到醉酒姑娘的脸颊，由鸟羽之白联想到水鸟在独自发愁，"醉"与"愁"这两个字用得巧妙自然。"红莲""白鸟"相互照应，词境虽然美妙，但"醉""愁"二字却急转一笔，表达了词人心中的烦闷。上片对景物的描绘既暗含了词人的悲伤苦闷之情，也为下片抒发情感渲染了凄凉阴郁的气氛。

下片前三句，虽然承接上片的气氛和情感，但在情感表达上又有明显的不同：上片委婉含蓄，下片直抒胸臆，变阴郁为旷达。此三句接连用典，表达了词人对上层统治阶级残害有志之士的愤慨和对前途无望的无奈之情，语句深沉悲哀，却无剑拔弩张之势。表面上看词人有归隐之心，但事实上这是悲愤之极的故作旷达之词，比平白直抒表达出的感情更为热烈。结尾两句中的"衰""懒"二字写词人大病初愈后，身体还没有完全恢复，容易疲劳。"但觉"进一步强调词人的力不从心，表达出词人立志报国却有心无力的无奈之情。词人一生志在报效祖国，恢复故国基业，虽屡遭排挤仍壮心不改，所以这里不是简单地哀叹年华老去，而是对功业未成的愤慨。

整首词用语平淡，但包含的感情凝重深沉。全词意象清新，色彩丰富，情深意长，妙不可言。

丑奴儿（书博山①道中壁）

原 文

少年②不识③愁滋味，爱上层楼④。爱上层楼，为赋新词强说愁⑤。而今识尽⑥愁滋味，欲说还休⑦。欲说还休，却道天凉好个秋！

注 释

①博山：博山在今江西广丰县西南。因状如庐山香炉峰，故名。淳熙八年（1181年）辛弃疾罢职退居上饶，常过博山。

②少年：指年轻的时候。

③不识：不懂，不知道。

④层楼：高楼。

⑤强说愁：无愁而勉强说愁。强，勉强地，硬要。

⑥识尽：尝够，深深懂得。

⑦欲说还休：想要说还是没有说。

译文

人年轻的时候不知道什么是愁苦的滋味，喜欢登上高楼。喜欢登上高楼，为写一首新词无愁而勉强说愁。

现在尝够了忧愁的滋味，想要说还是没有说。想要说还是没有说，却说好一个凉爽的秋天啊！

赏析

此词写于辛弃疾被排挤离职、隐居带湖之时。他在隐居期间，在博山道中闲游，却无暇欣赏美景。眼见国家颓废衰微，自己却报国无门，满腔忧愁难以排解，所以将此词题于博山道中一壁上。

上片，词人追忆自己年少轻狂，不知愁滋味。年少时，朝气蓬勃，不谙世事，盲目乐观，对人世间的"愁"懵懵懂懂。第一句"少年不识愁滋味"，是上片的关键句。他还不知道什么是愁苦的滋味，为写一首新词无愁而勉强说愁，他"爱上层楼"，没有愁却偏要找愁。词人连用了两个"爱上层楼"，这一叠句的运用，避开泛泛而谈，自然而然地过渡到了下文。前一个"爱上层楼"，同第一句形成因果关系，是说词人年少时难以悟透愁的意思，所以酷爱登楼观赏。后一个"爱上层楼"，又与下文中的"为赋新词强说愁"构成因果关系，因为"爱上层楼"所以诗兴大发，在"不识愁滋味"的境况下，也要应景说些"愁闷"之类的话。此处叠句的巧妙运用，将两个迥异的层次结合在一起，把"不知愁"这一主题表达得酣畅淋漓。

词的下片宕开一笔，将词人饱经沧桑，遍尝愁滋味的感情变化写了出

来。"识尽愁滋味"将词人大半生的经历进行了总结,他力主抗金,出谋划策,希望收复故土,不仅没有被南宋王朝重视,反而被投降派排挤、打压。"尽"字,概括力极强,里面藏着词人诸多矛盾复杂的情感,从而使全词完成了情感的转变。他心中的"愁"积聚已久,特别想向人诉说,希望得到他人的怜悯和支持,但是一想到朝廷昏聩黑暗,说了也是枉然,还不如闭口不言。"欲说还休"深刻地表现了词人这种悲痛复杂的心情,它的叠用,与上文的叠用句式形成呼应,烘托了有苦无处诉的氛围,增强了艺术效果。词人过去无愁却偏要说愁,现在愁多得如同江水却无处可说。"天凉好个秋",以景结情,看似旷达,却将"愁"的深沉蕴藏其中。

此词运用对比的手法,着力烘托一个"愁"字,此"愁"也是全词的线索,词句新颖独特,通俗易懂。词人于浓愁处着淡笔,重语轻说,将壮志豪情寄托于婉约笔触之中,委婉曲折,言辞浅近,意义深远,别具一番风味。

姜夔

姜夔（1155—1221年），字尧章，号白石道人，汉族，饶州鄱阳（今江西鄱阳）人。南宋文学家、音乐家。他少年孤苦，家境贫寒，多次参加科举考试都没考中，一生在江湖间辗转迁徙，靠卖字和朋友接济为生，为人狷洁清高，终老布衣。他是继苏轼之后又一难得的艺术全才，无论是诗词、散文，还是书法、音乐，样样精通。他能自度曲，他的词格律严谨周密，作品空灵含蓄、潇洒醇雅，笔力峭拔而隽健。他的词作取材广泛，既有感时、抒怀、咏物、恋情、写景之作，也有记游、节序、交游、酬赠等题材，均精深华妙。他的词作中有流落江湖，但不忘君国的感时伤世的思想，描写了漂泊羁旅的生活，抒发了自己不得用世和情场失意的苦闷；也有一部分词作表现出其卓尔不群、超凡脱俗，如孤云野鹤般的个性。他晚年寓居杭州西湖，卒葬西马塍。作品有《白石道人诗集》《白石道人歌曲》《续书谱》《绛帖平》等传世。

踏莎行

自沔东①来，丁未元日，至金陵江上，感梦而作。

原文

燕燕轻盈，莺莺娇软，分明又向华胥②见。夜长争得③薄情知？春初早被相思染。

别后书辞④，别时针线，离魂暗逐郎行⑤远。淮南⑥皓月冷千山，冥冥⑦归去无人管。

注 释

①沔东：沔，湖北汉阳。指汉阳东。

②华胥：指梦中。

③争得：怎得。

④书辞：指书信。

⑤郎行：情郎那边。行，宋时口语，犹言"这边""那边"。

⑥淮南：指安徽合肥。

⑦冥冥：暗沉沉。

译 文

我从汉阳东回来，恰逢丁未年元旦，在金陵的江上因梦有所感而作此词。

像燕子般轻盈，像莺啼般娇软。你的容貌我看得非常清楚分明，在梦中又一次与你真实地相见。你埋怨我太无情，不理解你长久以来的相思情意。也不体会你在好春时节独守空房，被相思所缠的悲伤。

分别后你给我的情书我依然留着，我依旧穿着分别时你亲手为我缝制的衣衫。你的身影似乎暗暗随着我，来到了四处。淮南的寒月，万水千山一片寂静，可你只一个人在远方孤苦伶仃，无人陪伴。

赏 析

这首词是词人为其在二十多岁时结识的一位歌女所作，创作于淳熙十四年（1187 年）元旦，当时词人在东行途中梦到了那位歌女，因此创作了这首词，而内容也围绕"感梦"而来。

上片中，词人浪漫地回想了梦中歌女的美好姿态。在词人笔下，那位歌女像燕子般轻盈，像莺啼般娇软。梦中之景往往来自日间之思，词人梦得如此真切，正说明词人对女子的思念之深。"分明"句紧扣"感梦"的背景，以"华胥"的典故表明梦境之美好。后文描写梦境中歌女对词人撒娇般的抱怨。在长夜的美梦中，歌女埋怨词人太无情，不理解她长久以来的相思情意，也不体会她在好春时节独守空房，被相思所缠的悲伤。这其实是词人将心比心的结果。

"别后"二句表达了词人对歌女寄来的书信和所赠衣物的珍视，让人体会到词人的深情。接着词人回到"感梦"的主题，写歌女的魂魄随他行遍千山万水。这种手法在唐诗中早有先例。结尾二句极富美感，描写歌女的孤寂处境。"淮南皓月"使画面明亮阔大，后面加上"冷千山"，便添了一丝清冷之气，表现出歌女情思之凄苦。"冥冥归去"与前面的"暗逐"相呼应，写出歌女魂魄来去之孤寂，使人颇感怜惜。"无人管"显示出词人的愧疚之情，表现了词人内心深处对歌女的怜爱。

这首词意境唯美而略带感伤，结构完整，主题明确，所流露出的爱恋之意颇为感人。

庆宫春

绍熙辛亥除夕，余别石湖归吴兴，雪后夜过垂虹[①]，尝赋诗云："笠泽茫茫雁影微，玉峰重叠护云衣。长桥寂寞春寒夜，只有诗人一舸归。"后五年冬，复与俞商卿、张平甫、铦朴翁自封禺同载，诣梁溪，道经吴松。山寒天迥，云浪四合。中夕相呼步垂虹，星斗下垂，错杂渔火，朔吹凛凛，厄酒不能支。朴翁以衾自缠，犹相与行吟，因赋此阕，盖过旬，涂稿乃定。朴翁咎余无益，然意所耽，不能自已也。平甫、商卿、朴翁皆工于诗，所出奇诡，余亦强追逐之。此行既归，各得五十余解。

> 原 文

双桨莼波，一蓑松雨，暮愁渐满空阔。呼我盟鸥[②]，翩翩欲下，背人还过木末。那回归去，荡云雪、孤舟夜发。伤心重见，依约眉山，黛

痕低压。

采香径里春寒，老子③婆娑，自歌谁答。垂虹西望，飘然引去，此兴平生难遏。酒醒波远，正凝想、明珰④素袜。如今安在，惟有阑干，伴人一霎。

注 释

①垂虹：垂虹桥。

②盟鸥：谓隐士与鸥鸟为伴侣。

③老子：作者自称。

④珰：妇女戴在耳垂上的一种装饰品。

译 文

淳熙辛亥年的除夕，我离开石湖回到吴兴，在雪后的夜晚经过垂虹桥，写了一首诗："笠泽茫茫雁影微，玉峰重叠护云衣。长桥寂寞春寒夜，只有诗人一舸归。"五年后的冬天，我又和俞商卿、张平甫、铦朴翁从封禺同船去往梁溪，途中经过吴松。山峰显得寒冷，天空十分辽远，四处白云和浪花融为一体。半夜我们互相招呼着走上垂虹桥，只见天空星斗低垂，江中渔火错落，寒风凛凛吹来，饮酒也无法抵御寒气。朴翁用被子把自己裹起来，依然在与我们互相吟唱，我因此作了这首词，过了十余天才在反复修改后定稿。朴翁说我的修改是没有增益的，但是我沉溺于修改词句，没法控制自己。平甫、商卿、朴翁都擅长作诗，风格奇诡，我也勉强学习他们的风格。这趟远行归来后，我们每个人都创作了五十多首作品。

双桨划破长满莼菜的水波，整个蓑衣淋着松林的密雨，暮霭生愁渐渐充满空阔的天地。呼唤鸥鸟我愿与它结盟隐逸，它翩翩飞舞似欲降下，却又背人转身掠过树梢远去。那次归返吴兴，荡开云雾寒雪，乘着孤舟连夜起程。伤心往事今又重现，依稀隐约的是秀眉一样连绵的山峰，像青色黛痕低压着双眸脉脉含情。

　　小舟驶入采香小溪，那里正是早春寒冷，老夫我婆娑起舞，独自放歌谁来回应？在垂虹桥头向西遥望，孤舟御风引领我飘然远行，这真是平生难以遏止的豪情逸兴！待我酒醒顺波舟行已渐远，我正凝神思念，她耳戴明珠闪闪，足裹袜纤纤。如今美人何在？唯有倚眺的栏杆，伴人徘徊片刻间。

赏 析

　　这首词创作于词人与友人重游故地之时。这首词创作的五年前，词人曾与一位名叫小红的歌女乘船路过此地，故而这首词除写当下的景和情外，也含有对故人的怀念。

　　"双桨"二句与序中词人提到的"笠泽"句颇为相似。词人这次出游本是与友人同来，而"双桨""一蓑"却营造出清冷的意境，增强了作品的美感。从后文来看，开篇处的"波""雨"均融入了词人的心理活动，表现了词人情感的波动，同时烘托了气氛。"暮愁"本是抽象之物，词人却写它渐渐充满空阔的天地，这是为了表现词人的哀愁之深远。他的"暮愁"从何而来呢？根据后文可知，其"暮愁"来自被眼前景色勾起的旧日画面。"呼我盟鸥"二句中的鸥鸟并非真的是词人过去见到的那只，此处是借其表达词人的时移世易之感。此处渐渐将视角转向过去。"那回"句至"孤舟夜发"是回忆中的画面。"荡""发"二字表现出词人那时高涨的兴致。"伤心"句转回现实，表现出词人对过往的不舍。词人不舍的是什么呢？结合"依约"二句可知，他不舍的是那位曾经陪伴自己的女子。

　　"采香"句与上片的"双桨"句相呼应。"老子"二句承接了前文中词人"伤心重见"的情感，再次表明了词人对过去陪伴自己路过此地的女子的思念。"垂虹"三句颇为有趣，既是词人当下之事，也是词人过去经历之事，读来亦真亦幻。"酒醒"句接于"此兴"句后，形成了情绪上的转折，为结尾处的黯然神伤做了铺垫。"明珰素袜"以物写人，表现出女子的灵秀。结尾处，词人以倚栏之景结束全篇，颇为隽永。

　　这首词读来十分空灵，情感柔和而深厚，过去与现实相辉映，情与景相交融，是一篇伤逝怀昔的佳作。

齐天乐

丙辰岁，与张功甫会饮张达可之堂，闻屋壁间蟋蟀有声。功甫约余同赋，以授歌者。功甫先成，辞甚美。余徘徊茉莉花间，仰见秋月，顿起幽思，寻亦得此。蟋蟀，中都①呼为促织，善斗。好事者或以三二十万钱致一枚，镂象齿为楼观以伫之。

原 文

庚郎②先自吟愁赋，凄凄更闻私语。露湿铜铺，苔侵石井，都是曾听伊处。哀音似诉，正思妇无眠，起寻机杼。曲曲屏山，夜凉独自甚情绪。

西窗又吹暗雨。为谁频断续，相和砧杵③。候馆迎秋，离宫吊月，别有伤心无数。《豳》诗④漫与。笑篱落呼灯，世间儿女。写入琴丝，一声声更苦。

注 释

①中都：指南宋都城临安，今浙江杭州。

②庚郎：庚信。

③砧杵：捣衣用的工具。

④《豳》诗：指《诗经·豳风·七月》诗，因诗内有"十月蟋蟀入我床下"句。

译 文

丙辰年，我和张功甫一起在张达可家的堂屋中饮酒，听到墙壁间有蟋蟀的声音。功甫约我一同赋词，让歌者来唱。功甫的作品先完成了，词句非常美妙。我在茉莉花丛中徘徊，仰头看到了秋月，顿时产生了幽深的思念，不久就创作出这首词。蟋蟀，临安称为促织，善于打斗。好事者花二三十万钱买一只蟋蟀，将象牙雕成楼观的样子来装蟋蟀。

庾信早年曾吟诵《愁赋》之类的名篇，如今，蟋蟀悄悄的私语声又传至耳畔。夜露浸湿黄铜闪闪的门环，苍苔盖满石块雕砌的井栏，到处都可以听到它的鸣唱，仿佛在倾诉人间的悲愁哀怨。闺中少妇思念丈夫长夜无眠，起身寻找机梭，伴着她的只有屏风上曲折的山峦，夜凉如水，又怎样度过这深秋的夜晚？

听，细雨又在敲打着西窗，伴着捣衣的声响，蟋蟀的悲鸣时断时续。在客居的馆舍迎来深秋的长夜，在出巡的离宫凭吊故国的月圆。还有其他无数类似的伤心惨事，像《豳风》，都可即席成篇。可笑的是竹篱外传来灯光笑语——少年男女在捕捉蟋蟀，兴趣盎然。假如把这所有的音响皆谱入琴曲，那一声声，不知能演奏出多少人间的哀怨！

赏　析

这首词描写词人听蟋蟀叫声而引发的感想，颇有趣味，虽是唱和之作，但其构思之巧、共情之广，使得这首词千百年来传唱不绝。

开篇并未直接描写蟋蟀的叫声，而是先勾勒出庾信吟赋遣愁之态，然后才引出蟋蟀的叫声，使得蟋蟀的叫声从一出场就带有悲戚之色。"露湿"三句是对蟋蟀出没处的描写，反映了词人细腻的观察力。"露""苔"均是哀景，偏偏有此二物之处最易听到蟋蟀声，也就无怪乎前文"凄凄更闻私语"的描写了。而这本就带有悲戚色彩的"哀音"，偏偏婉转得"似诉"，使得哀意更浓。恰好怀有离别之愁的妇人正辗转难眠，听到这"似诉"的"哀音"，更是无法入睡，只得起身寻找机梭。离愁满怀的人自然无法静下心来，妇人放下手中的工具，凝望着屏风上的山峦。离人不归，纵使寒衣织

好了，几时他能穿上身呢？这漫漫长夜，只有蟋蟀的阵阵叫声回应着妇人的愁思。

下片"西窗又吹暗雨"巧妙地将画面转到了室外，手法极为高明，且与整首词的气氛颇为相合。"为谁"句与前文"哀音似诉"均由蟋蟀叫声之特点想出，颇见想象力。"候馆"三句意境广阔，词人在前文将视野由室内转向室外后，着眼于广阔的空间。那流离在外的迁客骚人伤秋之时闻蟋蟀之声而增愁思，那深宫中的佳人在月光下流泪伤怀时听到蟋蟀的叫声而愈加哀怨。这几句以哀情为线索，将蟋蟀与秋月、游子、宫女等传统的文学意象相结合，使得这首词超脱了所咏之物本身，也超脱了词人本身的情感，而与千百年来世人广泛的情思产生共鸣。"《豳》诗"三句构成对比，营造了深刻的哲学意境。当成人抚今追昔哀伤不已时，孩童们却相互追逐着以捉蟋蟀为乐。画面在对比中加深了哀情，使得词中的情感被更深入地表达了出来。结尾二句，词人以对琴声的描写作为结尾，余味无穷。

这首词以蟋蟀为主题，画面不断转换，最终写出了千百年来广受共鸣的哀思。这种深远意境与小小蟋蟀形成的对比显示出了词人高超的艺术表现手法和细腻的情感。

琵琶仙

《吴都赋》云："户藏烟浦，家具画船。"唯吴兴为然。春游之盛，西湖未能过也。己酉岁，余与萧时父载酒南郭，感遇成歌。

原 文

双桨来时，有人似、旧曲桃根桃叶①。歌扇②轻约飞花，蛾眉正奇绝。春渐远，汀洲自绿，更添了、几声啼鴂。十里扬州，三生杜牧③，前事休说。

又还是、宫烛分烟④，奈愁里、匆匆换时节。都把一襟芳思，与空阶榆荚⑤。千万缕、藏鸦细柳⑥，为玉尊、起舞回雪⑦。想见西出阳关，故人初别⑧。

注 释

①桃根桃叶：东晋王献之有妾名桃叶，其妹名桃根。

②歌扇：晏几道《鹧鸪天》："舞低杨柳楼心月，歌尽桃花扇底风。"

③三生杜牧：语本黄庭坚诗"春风十里卷珠帘，仿佛三生杜牧之"。

④宫烛分烟：韩翃《寒食》诗："日暮汉宫传蜡烛，轻烟散入五侯家。"

⑤空阶榆荚：韩愈《晚春》诗："杨花榆荚无才思，惟解漫天作雪飞。"此处反用其意。

⑥藏鸦细柳：语本韩翃诗"桥边雨洗藏鸦柳"。

⑦雪：指柳絮。

⑧"想见"二句：语本王维诗"西出阳关无故人"。阳关，今甘肃敦煌南。

译 文

《吴都赋》中说："户藏烟浦，家具画船。"其实只有吴兴才是这样。吴兴人春游时的盛况，西湖也无法超越。己酉年，我和萧时父驾船载酒来到南城，有感于所遇而创作了这首词。

江面上荡着双桨划来一只小船，我忽然发现，船上的人好像是我昔日恋人。她正在用团扇轻轻地去迎接那些飞来飞去的杨花，她的眉目，真是楚楚动人。春光渐渐去远，沙洲自然变绿，又添几声悦耳的鸟鸣。遥想当年，在繁华如锦的扬州路，我如杜牧年少时放荡寻欢。往事早已成烟，思念也无用处。

又一次到了寒食时节，宫廷中恐怕又在传蜡烛分烟。无奈在我此时满

怀惆怅，只见季节已经更换。只能把满腔幽怨付给榆荚，任它飞到空荡荡的石阶前。千丝万缕的细柳枝上，乌鸦在此掩身，轻软的柳絮好像在为来去的客人飞舞回旋。忆起当年出关，与伊人分别的情景，令人难忘。

赏　析

　　这首词描写词人泛舟出游时，碰到一位酷似旧日恋人的女子，因而生发出的思绪。全词回忆与现实相交错，感情真挚，思绪悠远，画面极富美感，体现了词人对美好事物的敏感与细腻的情思。

　　开篇所写的画面十分动人。"双桨来时"，使读者从词人的视角看到面前一片小舟悠悠而至。"有人似、旧曲桃根桃叶"，点出词人后文所述思绪之来由。"似"字带有朦胧的气氛，为后文回忆的内容做铺垫。"旧曲"二字点出词人旧日恋人的身份。"歌扇"二句极有情调，如同一幅素描画一样，淡雅而浪漫，极贴合此词的主题。词人说眼前这位女子"蛾眉正奇绝"，其实是为了写"桃根桃叶"般的旧日恋人"蛾眉正奇绝"。从"春渐远"句开始，词人描绘出愈加悠远缥缈的意境，为下文对过往美好的回忆烘托气氛。"十里扬州"三句，词人感叹往事无须再提。但若真不愿再提，词人又何必专门写出来呢？可见词人不愿再提起与旧日恋人之事只是怕触动离愁。纵使情感长留于心，那昔日的美好却如眼前的春意一般渐渐远去。时间如此无情，就像那沙洲一样按自身的规律发展。上片所抒发的情思哀婉动人，在春景的衬托下更加使人痛心。

　　"又还是、宫烛分烟"七字，承接前文的画面，引出后文词人对年华流逝的感慨。"奈愁里、匆匆换时节"词人本就因所遇之人而触动愁思，又因暮春之景而为年华飞逝感伤，可谓愁上加愁。"都把"二句描写词人在"匆匆换时节"的情况下，感到旧日的感情已经离自己越来越远，怀念也无济于事，抒发了词人的悲哀之情。"千万缕、藏鸦细柳"是词人眼前之景，这缕缕柳丝牵动着词人心中的那份美好，为下文回忆中的离别画面做铺垫。"为玉尊、起舞回雪"是回忆中的画面，与柳树这一意象所寄寓的离别之情相呼应。在离别时，词人的恋人轻盈起舞，周围飞舞着漫天柳絮，这个画面如此美好而令人感伤，再结合现实中那"千万缕"柳丝，则词人心中之苦楚可想而知。结尾处词人化用前人典故，表达分别时的难过，承接前文所述的离别之情，而其深沉的感情也使全词意蕴深刻，颇有力度。

全词营造出一种亦真亦幻的意境，使得回忆与现实自然衔接，也使全词情思相连，是一篇十分值得玩味的作品。

念奴娇

余客武陵，湖北宪治在焉。古城野水，乔木参天。余与二三友日荡舟其间，薄荷花而饮，意象幽闲，不类人境。秋水且涸，荷叶出地寻丈，因列坐其下，上不见日，清风徐来，绿云自动。间于疏处窥见游人画船，亦一乐也。揭来①吴兴，数得相羊②荷花中。又夜泛西湖，光景奇绝。故以此句写之。

原 文

闹红一舸，记来时、尝与鸳鸯为侣。三十六陂③人未到，水佩风裳④无数。翠叶吹凉，玉容销酒，更洒菰蒲⑤雨。嫣然摇动，冷香飞上诗句。

日暮。青盖亭亭，情人不见，争忍凌波去？只恐舞衣寒易落，愁入西风南浦。高柳垂阴，老鱼吹浪，留我花间住。田田⑥多少，几回沙际归路。

注 释

①揭来：来到。

②相羊：徜徉。

③陂：池塘。

④水佩风裳：指荷叶、荷花。

⑤菰蒲：水草。

⑥田田：形容荷花茂盛的样子。

译文

我客居武陵时，那里是湖北提点刑狱所在地。古城郊野的河流边，长着许多参天的乔木。我和两三个友人每天在河中泛舟，在荷花边饮酒，这种悠闲的意象令人怀疑来到了仙境。秋水快要干涸了，荷花超出水面一丈以上，我们在下面坐着，向上看不到太阳，清风吹来，荷花像绿云一般动摇起来。偶尔在荷花丛的稀疏处看到其他的游人和画船，也是一种乐趣。自从来到吴兴，也多次徜徉在荷花丛中。也曾夜间泛舟西湖，景色无比美丽。因此写了这首词来描绘这些场景。

小舟荡漾在红火、繁茂的荷花丛里，记得来时曾经有水面鸳鸯相伴。放眼望三十六处荷塘连绵一气，罕见游人踪迹，无数映水的荷花衬着荷叶在微风中摇曳，就像系着佩带和穿着裙裳的美女。翠碧的荷叶间吹过凉风，花容粉艳仿佛带着残余的酒意，更有水草丛中洒下一阵密雨。荷花嫣然微笑轻摇倩影，幽冷的清香飞上我赞美荷花的诗句。

日暮之际，荷叶如青翠的伞盖亭亭玉立，情人艳姿已隐然不见，我怎忍心乘舟荡波而去？只恐怕寒秋时节，舞衣般的荷瓣容易凋落，西风吹得南浦一片狼藉，使我愁恨悲凄。那高高的柳树垂下绿荫，肥大的老鱼将浪花吹起，仿佛欲邀我在荷花间留居。多少圆圆的荷叶啊，曾知我多少回在沙岸边的归路上徘徊，不舍离去。

赏析

这首词描写词人对池中荷花的喜爱之情，颇有趣味。

"闹红"句直接点出了景色之烂漫与词人心情之喜悦，再加后文"鸳鸯为侣"，画面生动鲜明，极富美感。"三十六"二句写荷花的丰姿，妙在先点出"人未到"的背景，使画面中没有人声之嘈杂，同时并未直接描写荷花的姿态，而是暗喻其为系着佩带和穿着裙裳的美女，既写出其形，又写出其神，十分巧妙。"翠叶"三句将天气的变化加到画面中，不仅使得"冷香飞上诗句"，也使得"冷香"飞上读者的心头。

从"日暮"句开始，画面转入将归之景。明明是自己将归，词人却偏偏先写"青盖亭亭"，这是以景写人的手法，表明词人已将荷花看作可以交流感情的朋友了。"亭亭""凌波"均富美感，体现了词人对莲花有美好印象。"争忍"句与结尾处"几回沙际归路"相互呼应，表达了词人对此地的留恋。"只恐"句在上片中"水佩风裳"的基础上，写出了荷花在习习凉风中的动态美，表现了词人对荷花的欣赏。"寒易落"与"愁人"句相呼应，隐隐表现出荷花之高洁，暗含了词人的精神追求。"高柳"二句颇为有趣，所描绘的画面雅而美，可谓来源于生活而高于生活。意境如此美好，也就无怪乎词人迟迟不愿踏上归路了。

这首词以词人的游赏为线索，写出荷花之美，融入了词人的精神追求，可谓传神之作。

扬州慢

淳熙丙申至日[①]，余过维扬[②]，夜雪初霁，荠麦弥望[③]。入其城，则四顾萧条，寒水自碧。暮色渐起，戍角[④]悲吟。余怀怆然，感慨今昔，因自度此曲。千岩老人以为有黍离之悲也。

原 文

淮左名都，竹西佳处，解鞍少驻初程。过春风十里，尽荠麦青青。自胡马窥江[⑤]去后，废池乔木[⑥]，犹厌言兵。渐黄昏、清角[⑦]吹寒，都在空城。

杜郎[⑧]俊赏，算而今、重到须惊。纵豆蔻词工，青楼梦好[⑨]，难赋深情。二十四桥仍在，波心荡、冷月无声。念桥边红药，年年知为谁生。

注 释

①至日：冬至。

②维扬：扬州的别称。

③弥望：满眼。

④戍角：军中号角。

⑤胡马窥江：宋高宗建炎三年（1129年）金人初犯扬州，其后绍兴三十一年（1161年）再次侵犯扬州，并占领扬州等地。

⑥废池乔木：废池，废毁的池台。乔木，残存的古树。二者都是乱后余物，表明城中荒芜，人烟萧条。

⑦清角：凄清的号角声。

⑧杜郎：指杜牧。

⑨"纵豆蔻"二句：语本杜牧《赠别》诗"娉娉袅袅十三余，豆蔻梢头二月初"及《遣怀》诗"十年一觉扬州梦，赢得青楼薄幸名"。

译 文

淳熙丙申年冬至，我经过扬州，当时夜间的雪刚停，满眼都是荠菜和麦苗。进入城中，四望都是一片萧条，碧绿的寒水无人欣赏。暮色渐浓，军营悲切的角声响起。我满怀凄怆，感昔伤今，就自创曲调写下这首词。千岩老人认为这首词有《黍离》一般的悲切之情。

扬州是淮河东边著名的大都，在竹西亭美好的住处，解下马鞍稍为停留，这是最初的路程。过去是十里春风一派繁荣景色，现在却长满荠麦野草一片青青。自从金兵进犯长江回去以后，荒废了池苑，伐去了乔木，至今还讨厌说起旧日用兵。时间渐渐进入黄昏，凄凉的画角吹起了冷寒之气，这都是在劫后的扬州城。

杜牧才华卓越，料想今天，重来此地一定吃惊。即使"豆蔻"词语精工，青楼美梦的诗意很好，也很难表达出此刻深厚的感情。二十四桥仍然还在，桥下江中的波浪浩荡，月色凄清寒冷，处处寂静无声。怀念桥边的红芍药，可知道它每一年为了谁开花繁生！

赏析

这首词创作于 1176 年冬至，是宋词中的名作，也是词人较少见的抒发家国之悲的作品。欣赏这首词不可不读其序，因为序中所提到的背景是这首词中深厚感情的基础。序中提到的时间是扬州被劫掠之后，所提到的景色是战争过后的萧条之景，"黍离之悲"是贯串全词的情感。

这首词的写作手法颇为巧妙。上片以词人自身的角度写扬州的变化，下片设想杜牧之"惊"写扬州的变化。这种多维度的写法体现了词人高超的构思能力和文字功底。

"淮左"三句，点出扬州往昔的地位，交代词人的观景背景。"过春风"二句暗含着对比。扬州作为"淮左名都"，若在繁华之时，则与"春风十里"相伴的，应是酒肆青楼，而词人看到的却是"尽荠麦青青"。一个"尽"字，说明在词人的视线所及之处，均无繁华之景。此处虽写的是"春风十里"，但整座城市的萧条状况已被勾勒出来了。"自胡马"三句写战乱给扬州百姓造成的心理阴影。"犹"字表现出这种影响持续时间之长。渐渐黄昏，凄凉的画角吹起了冷寒之气。联系前面的景象，我们可以想见，那画角之声随着黄昏的光线在"空城"中回荡，与城中的"荠麦""废池乔木"一起使词人生出"黍离之悲"。

"杜郎"句开始从杜牧的视角写扬州的变化。杜牧的作品中有不少描写扬州美景的名篇，因此词人猜想，杜牧如果来到"而今"，必然为扬州的萧条而"惊"。"惊"字写出扬州今昔变化之大。这几句其实是词人借杜牧写自己，真正为扬州的往昔变化而感到"惊"的正是词人自己。"纵豆蔻"三句又是一组对比。词人先称赞杜牧"豆蔻词工，青楼梦好"，然后笔锋一转，说即便有这样美妙的情思，在今日扬州的荒凉景象前也"难赋深情"，从而衬托出扬州的衰败。"二十四桥"句至"冷月无声"是以自然景物的不变来映衬扬州的变化。这种沧桑之感在结尾处，由不知为谁开的"桥边红药"推至高潮，可谓余味无穷。

这首词情感浓烈，视野开阔，与现实紧密结合，是一首优秀的爱国主义作品。

长亭怨慢

　　余颇喜自制曲，初率意为长短句，然后协以律，故前后阕多不同。桓大司马云："昔年种柳，依依汉南；今看摇落，凄怆江潭；树犹如此，人何以堪！"此语余深爱之。

原 文

　　渐吹尽、枝头香絮，是处人家，绿深门户。远浦萦回，暮帆零乱向何许？阅人多矣，谁得似、长亭树。树若有情时，不会得、青青如此。

　　日暮，望高城不见，只见乱山无数。韦郎①去也，怎忘得、玉环分付。第一是、早早归来，怕红萼②、无人为主。算空有并刀③，难剪离愁千缕。

注 释

　　①韦郎：据《云溪友议》载，韦皋少游江夏，住于姜使君之馆，遇玉箫，因而有情。后归，与玉箫约，少则五年，多则七年，便来迎娶。并留下玉指环为信物。到了第八年春天，玉箫叹曰：韦郎一别，已过七年，是不来了。于是绝食而死。

　　②红萼：红花，女子自指。

　　③并刀：刀名，并州产，以锋利著称。

译 文

　　我很喜欢自创曲调，最初不过是率性写成的长短句，后来就与音律和谐起来，所以同样的词牌，先写成的往往与后写成的有很多不同之处。桓温说："昔年种柳，依依汉南；今看摇落，凄怆江潭；树犹如此，人何以堪！"我非常喜欢这几句话。

渐渐吹尽了，枝梢上淡香的柳絮，处处人家，柳树浓密的绿荫将其门户遮蔽。船儿顺着弯曲回绕的河浦渐渐远去，暮色里云帆凌乱，匆忙往返，究竟奔向哪里？看人间离别多矣，谁能比长亭的柳树悄然冷寂？柳树若是有情时，定不会长得如此青翠碧绿。

落日昏暮，高耸的城郭已望不见，只见乱岩层叠的群山无数。我难忘临别的叮嘱："韦郎这一去呀，怎能忘记你交付给我的玉环信物。""最要紧的是记住早早归来，我怕红萼孤独无人为我做主。"即使有并州制造的锋快剪刀也枉然，亦难以剪断万缕离愁别苦。

赏　析

这首词创作于词人与恋人分别之后，抒发的是对恋人的思念和自己对爱情的忠贞。词人的恋人是其二十余岁时在合肥结识的歌女。词的上片描写词人与恋人分别之事，下片表明词人不会辜负恋人的爱。

"渐吹尽"至"绿深门户"描写了合肥的景色，当为词人对离别时场景的回忆。"远浦"句转写词人乘舟远去的画面。词人对合肥景色的回忆极富美感，对自己远行的画面却以"暮帆零乱"来形容，显示出词人对恋人的美好印象以及离去时的不情愿。"阅人"句至"长亭树"是词人根据离别时看到的柳树生出的感慨。词人与恋人离别时看着路旁柳树，想到它不知已经历了多少次这样的离别场景。后文词人的感慨加深，认为柳树若是有情时，定不会长得如此青翠碧绿。这几句颇为经典，至今令人心生共鸣。

"日暮"三句转入对情感的描写，同时通过描写二人相隔之远，为后文写恋人对词人的担忧之情做了铺垫。"韦郎"句至"玉环分付"是词人借韦皋的典故来表明情感。"第一是"至结尾为词人站在恋人角度表达担忧之情。"怕红萼、无人为主"表现了年代歌女的悲惨生活。结尾处词人以"并刀"之锋利表现恋人忧心之重，体现了他对恋人的深切理解。

这首词没有华丽的辞藻，但情感深远，所抒情感不仅有词人对恋人的思念，还有词人对恋人处境的深切理解，可见词人与恋人感情之深厚。

淡黄柳

客居合肥南城赤阑桥之西，巷陌凄凉，与江左①异，唯柳色夹道，依依可怜②。因度此阕，以纾客怀。

原文

空城晓角，吹入垂杨陌。马上单衣寒恻恻。看尽鹅黄嫩绿，都是江南旧相识。

正岑寂。明朝又寒食。强携酒、小桥宅，怕梨花落尽成秋色。燕燕飞来，问春何在，唯有池塘自碧。

注释

①江左：指江南。
②可怜：可爱。

译文

我客居合肥南城赤阑桥西侧时，看到很多凄凉的小巷和道路，与江南大不相同，只有夹着道路生长的柳树，依依飘拂，十分可爱。因此创作了这首词，以缓解客居他乡的情怀。

拂晓，冷清的城中响起凄凉的音乐声。那声音被风一吹，传到垂柳依依的街头巷口。我独自骑在马上，只着一件单衣，感觉有阵阵寒气袭来。看遍路旁垂柳的鹅黄嫩绿，都如同在江南时见过那样的熟悉。

正在孤单之间，明天偏偏又是寒食节。我也如往常带上一壶酒，来到小桥近处恋人的住处。生怕梨花落尽而留下一片秋色。燕子飞来，询问春光，只有池塘中水波空自清碧。

赏析

这首词创作之时，南宋在军事上处于弱势，词人的家乡有兵乱之危，不得不寓居合肥，而合肥却也是民力疲敝。词人于春日所见尽是荒凉景象，只有路旁飘拂的杨柳稍微让他感到安心。在这动荡不安的时刻，词人创作出这篇作品以抒发内心的苦楚。

"空城"二句与当时的历史背景相贴合，交代了词人生活动荡的背景。"马上"句描写词人的状态。"寒"字既由"单衣"而起，也由"空城晓角"而起。试想，如果是在喜庆热烈的气氛中，那词人即便"寒"，也不会用"恻恻"这种带着悲情的词来形容。"看尽"二句似是乐景，其实还是哀景，因为如果城市繁华，词人对各种景物根本看不过来，自然不会单单对杨柳"看尽"，既"看尽"，则城市之衰败也就可想而知了。

"正岑寂"句从景转到人。"明朝"句为后文的情节做了铺垫。"又"字颇露苦涩之感，因为寒食节本是结伴出游之日，但词人寓居他乡，周遭残破，节日只能增加他的愁苦，后文的"强"字也体现出了这一点。依据词人生平，"小桥宅"当为词人在合肥所结识的歌女的住宅。"怕梨花"句情感复杂，既有伤春之情、身世之感，也含着对国家前途的忧虑，这种情感可以看作当时知识分子心理状态的缩影，反映了南宋政权的动荡不安。在这种凄楚的氛围下，不晓世事的燕子兀自飞来寻找春意，但这衰败的城市已显不出春意了。词人用空自清碧的水波作为结尾，表现其心中的情感因社会动荡已无处寄托，这种惊惧的状态思来令人叹息。

这首词读来颇为凄楚，展现了那个时代知识分子的痛苦心态，对我们了解那段历史很有帮助。

暗香

辛亥之冬，余载雪诣石湖。止既月，授简①索句，且征新声，作此两曲，石湖把玩不已，使工妓肄习之，音节谐婉，乃名之曰《暗香》《疏影》。

原 文

旧时月色，算几番照我，梅边吹笛。唤起玉人，不管清寒与攀摘。何逊②而今渐老，都忘却、春风词笔。但怪得、竹外疏花，香冷入瑶席。

江国。正寂寂。叹寄与路遥，夜雪初积。翠尊③易泣，红萼无言耿相忆。长记曾携手处，千树压、西湖寒碧。又片片、吹尽也，几时见得。

注 释

①授简：给予纸笔。
②何逊：南朝梁诗人，在扬州有《咏早梅》诗。
③翠尊：翠绿的酒杯，这里指酒。

译 文

辛亥年冬天，我在雪中乘船到石湖去拜访范成大。在那里停留一个月后，他给我纸笔向我索要新词，并要求是新创的曲调，我就写了这两首，他玩味不已，让乐工和歌伎练习后演唱，音律和谐婉转，就命名为《暗香》《疏影》。

昔日皎洁的月色，曾经多少次映照着我，对着梅花吹的玉笛声韵谐和。笛声唤起了美丽的佳人，跟我一道攀折梅花，不顾清冷寒瑟。而今我像何逊已渐渐衰老，往日春风般绚丽的辞采和文笔，全都已经忘记。但是令我惊异的是，竹林外稀疏的梅花，还将清冷的幽香散入华丽的宴席。

江南水乡，正是一片静寂。想折枝梅花寄托相思情意，可叹路途遥遥，夜晚一场积雪又遮断了大地。手捧起翠绿的酒杯，禁不住洒下伤心的泪滴，面对着红梅默默无语，昔日折梅的美人浮上我的记忆。总记得曾经携手游赏之地，千株梅林压满了绽放的红梅，西湖上泛着寒波一片澄碧。此刻梅林中梅花散落，被风吹得凋落无余，何时才能重见梅花的幽丽？

赏析

这首词描写梅花兼怀念远人，意境极美，表现了词人精神世界的高洁。这首词的上片以景为主，下片以情为主，二者相得益彰。

开篇便是大手笔。"旧时月色"仅用四字便将古今之悠悠与天地之空旷描写出来。"算几番"句颇给人以恍如隔世之感。在这种空灵的气氛中，词人的笛声进入画面，颇有画龙点睛之妙，但若单纯写笛声，则咏梅的主题从何引出呢？词人巧妙地在"吹笛"前加上"梅边"二字，则咏梅的主题显现出来，同时画面更加鲜明，可谓妙笔。"唤起"句由景转到人。"不管"句借"清寒"衬托"玉人"高涨的兴致，则词人虽不在画面中，但他与"玉人"感情之深厚也显现出来了。根据后文内容可知，词人与那位女子在这首词创作出来时并不在一起，因此以上数句均是词人脑海中的内容。"何逊"句转入现实。"都忘却"句是词人的谦辞。"但怪得"的"怪"并不是指梅花让词人感到古怪，而是指梅花让词人感到惊艳，因为"竹外疏花"之景明显是一幅清丽的画面，再加"香冷"之气，更令人喜爱。

下片由写景转为抒情。"江国"二句是对前文景色的承接，同时为后文烘托气氛。"叹寄与"二句依照前后文，既可以看作词人想要寄梅给那位女子，也可以看作对上片女子摘梅画面的续写，即词人站在那位女子的角度发出的感叹。"路遥"衬托出情长。"夜雪"与梅花相得益彰。在这种引人愁思的氛围中，也就无怪乎词人感慨"翠尊易泣"了。在这寒冷的天气中，词人回忆起了温馨的画面："长记曾携手处，千树压、西湖寒碧。""长记"呼应前文的"耿"，"携手"之深情正是上片中"玉人""不管清寒与攀摘"的原因。词人处在这样清冷的环境，脑海中的画面却如此温馨，对比之下，则清冷者越清冷，温馨者越温馨。"又片片"句转回现实中的画面，描写风雪中的梅花，但我们却可以想象出凝视着落花的词人那失落的神情。"几时"句既表现了词人对梅花的留恋，也表达了他对恋人的思念，极有韵味。

这首词意境清冷，情感真挚，回忆与现实相交织，景与人相映衬，是一首优秀的咏梅作品。

疏影

原文

苔枝缀玉，有翠禽小小，枝上同宿。客里相逢，篱角黄昏，无言自倚修竹。昭君①不惯胡沙远，但暗忆、江南江北。想佩环、月夜归来，化作此花幽独。

犹记深宫旧事②，那人正睡里，飞近蛾绿③。莫似春风，不管盈盈，早与安排金屋。还教一片随波去，又却怨、玉龙哀曲。等恁时、重觅幽香，已入小窗横幅。

注释

①昭君：即王昭君。她远嫁匈奴，故想念中原。

②深宫旧事：据《太平御览》载，宋武帝女寿阳公主卧于含章殿下，

有梅花落公主额上，成五出花。后即以此为梅花妆。

③蛾绿：指女子眉黛。

译文

苔梅的枝梢缀着梅花，如玉晶莹，两只小小的翠鸟，栖宿在梅花丛。在客旅他乡时见到她的倩影，像佳人在夕阳斜映篱笆的黄昏中，默默倚着修长的翠竹。就像王昭君远嫁匈奴，不习惯北方的荒漠，只是暗暗地怀念着江南江北的故土。我想她戴着叮咚环佩，趁着月夜归来，化作了梅花的一缕幽魂，缥缈、孤独。

我还记得寿阳宫中的旧事，寿阳公主正在春梦里，飞下的一朵梅花正落在她的眉际。不要像无情的春风，不管梅花如此美丽清香，依旧将她风吹雨打去。应该早早给她安排金屋，让她有一个好的归宿。但这只是白费心意，她还是一片片地随波流去。又要埋怨玉笛吹奏出哀怨的乐曲。等那时，想要再去寻找梅的幽香，所见到的是一枝梅影，小窗空映。

赏析

这首词所咏之物为梅花，内容颇为丰富，不似前人描写梅花的手法，而是运用历史典故多维度地抒发对梅花的喜爱之情，这种写法极见功底，表现了词人高超的文字运用能力和深厚的文化底蕴，很有新意。

"苔枝"三句颇有趣味，不仅生动形象，而且暗用赵师雄与梅花仙女相遇的典故。"玉"字本已体现出梅花温润之美，加一"缀"字，则其于枝上摇曳之态如在目前，辅以"翠禽"之灵动，则画面动静相宜，妙趣横生。"客里"三句将梅花比作佳人，表现其高洁的品质。"篱角黄昏"之景是遗世独立的象征，配上"无言自倚"之形象和"修竹"之景，则梅花的内在品质被充分表现了出来。"昭君"句至"化作此花幽独"句均是

借王昭君的形象来赞美梅花，读来极为凄美。词人将梅花的清冷看作王昭君哀怨的灵魂，使梅花的形象更加丰满。此处词人还通过巧妙的构思将这种想象合理化。王昭君因为"不惯胡沙远"，所以十分想念"江南江北"，因此她的魂灵在她去世后"月夜归来"，变化成了这"幽独"的梅花。这种构思既合理又优美，并且贴合历史与现实，颇见词人创作的苦心。

"犹记"句轻轻一转，引出寿阳公主的典故。此处的气氛颇为活泼，不似上片那么幽怨，使全词的情调得到调剂。"正睡"二字颇露娇憨之态，配以飘舞的落花，使画面明艳动人。在这种美好的氛围中，词人顺势发出感慨："莫似春风，不管盈盈，早与安排金屋。"这表现出词人对梅花的怜爱，同时运用了金屋藏娇的典故，再次以佳人喻梅花。但自然界的规律不以人的意志为转移，纵然词人满心怜爱，最终梅花依然"一片随波去"。词人面对落花之景，以"玉龙哀曲"抒发了哀怨之情。联系词人同期另一首词中的"梅边吹笛"，此处的"玉龙"当理解为玉笛。既然抒发对梅花凋谢的"怨"，则这首哀曲想来是《梅花落》。结尾处词人感慨，梅花落尽后，只能从"小窗横幅"去寻觅梅花的美好了。"小窗横幅"应理解为梅枝的影子。

这首词极为灵动，词人带着读者在历史长河中跳跃，却又处处不离咏梅的主题，可谓收放自如，颇有大家风范

翠楼吟

淳熙丙午冬，武昌安远楼成，与刘去非诸友落之，度曲见志。余去武昌十年，故人有泊舟鹦鹉洲者，闻小姬歌此词，问之，颇能道其事；还吴，为余言之，兴怀昔游，且伤今之离索也。

月冷龙沙^①，尘清虎落^②，今年汉酺^③初赐。新翻胡部曲，听毡幕、元戎歌吹。层楼高峙，看槛曲萦红，檐牙飞翠。人姝丽，粉香吹下，夜寒风细。

此地宜有词仙，拥素云黄鹤，与君游戏。玉梯凝望久，叹芳草萋萋千里。天涯情味，仗酒祓^④清愁，花消英气。西山外，晚来还卷，一帘秋霁。

注 释

①龙沙：泛指塞外沙漠之地。
②虎落：遮护城堡或营塞之竹篱。
③酺：合聚饮食。
④祓：消除。

译 文

淳熙丙午年冬天，武昌安远楼建成了，我与刘去非等友人参加落成典礼，并创作曲调来纪念此事。离开武昌十年后，故人有在鹦鹉洲边停舟的，听到年轻的歌伎演唱这首词，上前询问，她还说出了此词的来历。朋友回到吴兴，将这件事告诉我，我怀念起过去的交游，为今天的离友索居而伤感不已。

明月的冷光映照着边塞的风沙，围护城堡四周的竹篱一片寂静。今年朝廷开始赏赐尘民饮酒欢聚。弹奏起塞北新曲，听到元帅的军帐中歌声清越。安远楼耸立入云霄，看它那红色栏杆萦绕楼檐，飞展一片翠碧。那位佳人美丽动人，伴着寒夜里轻轻风儿，从她身体上飘散一股幽香。

就在此地，正该有潇洒的词友，像仙人一样，同登楼观景的朋友尽兴

游戏。我一个人登上高楼久久地凝神望远，却只见芳草萋萋，绵绵不尽。漂泊天涯的游子，心中孤苦，只好借酒消愁，借着赏花忘记豪情。此刻西山之外，黄昏时又卷起，一帘秋雨过后的晴丽。

赏 析

　　这首词是因事而作。按序中所言，宋孝宗淳熙十三年（1186年）冬，词人与友人参加武昌安远楼的落成典礼，这首词便是那时所作，而序言则是词人十年后因有故人听到这首词而补的。

　　"月冷"二句一方面描绘出边塞的安定景象，与楼名相呼应；另一方面点出了时间背景，勾勒出月色。"今年"句烘托出一派欢乐的气氛，表明词人的初衷是写一首歌功颂德的作品。"新翻"至"元戎歌吹"有两层意思，一方面描写载歌载舞的热闹场景，另一方面表现具有包容力的大国气度，再次呼应楼名。"层楼"句转入对楼的正面描写。"萦红"与"飞翠"极艳极美，与典礼上热烈的气氛相呼应，直观地表现了楼的华美。"人姝丽"将画面由楼转到人，可以看作对前文"元戎歌吹"的进一步描写。人的"姝丽"与楼的"萦红""飞翠"极为协调。"粉香"二句颇为精彩，因为"夜寒"则"粉"更鲜明，"风细"则"香"能飘远，可见词人艺术功力之深。

　　"此地"三句是词人根据前文所述场景自然生发出的想法，暗用了崔颢题诗于黄鹤楼的典故。以"拥"字配"素云"颇为巧妙，展现了虚幻缥缈的意境，隐含了寂寞之意。"玉梯"二句的情感由前文的激情转为失落，词人眼中的画面从"槛曲萦红，檐牙飞翠"变为"芳草萋萋千里"。这种突兀的情感变化反映出词人内心深处的忧虑，而这种痛苦无法被热闹的场面掩盖。词人为什么而忧虑呢？我们不得而知，词人也不想明说，他只是无奈地用酒来逃避。"天涯"三句极富悲凉之气，展现出词人的颓废之态。"西山"三句可以看作词人心中情感的具象化，用作结尾，使人颇有飘零之感。

　　这首词以乐景起，以哀情结，再结合词人所处的时代背景，不难看

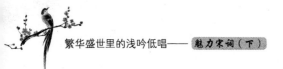

出，这种深沉的忧愁来自当时貌似平稳实则飘摇的社会现实。

杏花天①

丙午之冬，发沔口②。丁未正月二日，道金陵，北望淮楚，风日清淑，小舟挂席，容与波上。

原文

绿丝低拂鸳鸯浦。想桃叶③、当时唤渡。又将愁眼与春风，待去，倚兰桡、更少驻。

金陵路。莺吟燕舞。算潮水、知人最苦。满汀芳草不成归，日暮，更移舟、向甚处？

注释

①杏花天：宋周密《齐东野语》卷十《混成集》。"《混成集》，修内司所刊本，巨帙百余。古今歌词之谱，靡不备具。只大曲一类凡数百解，他可知矣，然有谱无词者居半。《霓裳》一曲共三十六段。尝闻紫霞翁云，幼日随其祖郡王曲宴禁中，太后令内人歌之，凡用三十人，每番十人，奏音极高妙。翁一日自品象管作数声，真有驻云落木之意，要非人间曲也。又言：'无太皇最知音，极喜歌。木笪人者，以歌《杏花天》，木笪遂补教坊都管。'间忆旧事，因书之以遗好事者，盖二曲皆今人所罕知云。"不知宫中所歌《杏花天》，与民间流传之《杏花天》有何不同，不然，周密缘何称"今人所罕知"。

②沔口：汉水入江处。

③桃叶：桃叶渡。

译 文

丙午年冬天，我从沔口出发。丁未年正月二日，途经金陵，向北望着淮楚之地，风和日丽，小舟扬着帆，从容地航行在波涛之上。

鸳鸯浦口，绿柳丝条低垂飘逸，惹我想起桃叶，她曾呼唤小舟摆渡。杨柳又将含愁的柳眼送与春风，我正待扬帆上路。倚着木兰船桨，又泊舟稍作停驻。

去往金陵的道路，处处有莺歌燕舞。我想那无情的潮水，知道我心情最苦。芳草长满汀洲，归去合肥的打算尚未成行，而此刻已黄昏日暮。重新移舟漂泊，何处是归宿？

赏 析

这首词抒发了词人对旧日恋人的思念，道出了他心中的遗憾。

开篇"绿丝"句并非词人眼前实景，因为依序中所述的时间，说"绿丝低拂"未免过早，因而开篇句是词人被眼前景勾出的心头景。"想桃叶"句也表明，词人虽处冬末之时，心中想的却是与恋人相处时的春景。"当时唤渡"四字颇露温柔之意，体现了词人对旧日恋人的满心怜爱。"又将"句回到现实，描写词人见春风将起而生的愁绪。春风拂来，万物舒展，何来愁呢？结合上下文可知，词人是害怕愈加烂漫的春景勾起他深深的相思之情，他愁的是美好过往的远去。"待去，倚兰桡、更少驻"是对词人心理活动的刻画。若论此行，本不为旧情，可来至此地，相思既生，又何堪匆匆离去呢？只得"少驻"，以稍稍排解苦楚。

"金陵"二句按时间来算，并非真的描写莺、燕，而是借以指代金陵城内风月场所的佳人们。此处是以乐景写哀情。词人心心念念的恋人不得相见，则眼前佳丽于他而言与木石无异，只能徒增哀愁，使他不忍再看罢了。"算潮水、知人最苦。"词人在繁华之地却黯然观潮，想来那涌动的潮水正像词人心中涌动的愁思，使词人将潮水当作知音。"满汀"句描写词人望向前路，见春草连绵，可惜这条路不是归向恋人之路，既"不成归"，则芳草终究无用。结尾处，词人启程，将离金陵越来越远。词人满心都是旧日恋人所处之地，已无心思考接下来要行驶到哪里，只迷惘地叹道："重新移舟漂泊，何处是归宿？"言外之意是，词人这一离去，恐怕很难与旧日恋人相见了。

这首词通篇哀婉，妙在所写景物颇富春意，主观之情不掩客观之景，客观之景益增主观之情。词中内容颇为灵动，如开篇"绿丝"句似写眼前景而实写心头景。词人的对比手法也运用得颇为巧妙，如"又将"句，既写"愁眼"，却偏偏以"春风"衬之；"金陵路"数句，既抒愁思，又偏偏描写"莺吟燕舞"，紧接着画面一转，再以"算潮水"句形成对比，颇为奇特。

一萼红

丙午人日，余客长沙别驾①之观政堂，堂下曲沼，沼西负古垣，有卢橘幽篁，一径深曲。穿径而南，官梅数十株，如椒如菽，或红破白露，枝影扶疏。著屐苍苔细石间，野兴横生，亟命驾登定王台②，乱湘流入麓山。湘云低昂，湘波容与，兴尽悲来，醉吟成调。

原 文

古城阴，有官梅几许，红萼未宜簪。池面冰胶，墙腰雪老，云意还又沉沉。翠藤共、闲穿径竹，渐笑语、惊起卧沙禽。野老林泉，故王台榭，呼唤登临。

南去北来何事，荡湘云楚水，目极伤心。朱户粘鸡③，金盘簇燕，空叹时序侵寻。记曾共、西楼雅集，想垂柳、还袅万丝金。待得归鞍到时，只怕春深。

注 释

①别驾：宋代通判的别称。

②定王台：汉景帝之子长沙定王刘发为望母所筑的一座高台，称定王台。

③粘鸡：据《岁时记》载，人日（正月初七）在门上贴"画鸡"，门上系苇秆，门旁插上灵符，可以辟邪。

译 文

丙午年人日，我客居长沙别驾府中的观政堂，堂下有曲折的池塘，池塘西有着古老的墙壁，长满橘子和幽竹，中间有一条深而弯曲的小路。穿过小路向南走，看到几十株官梅，花蕾像花椒、像豆子，有的花蕾已经绽开，露出或红或白的花朵，枝干和影子疏密错落。我穿着木屐行走在苍翠的苔藓和细石之间，顿时产生到野外游玩的兴致，立即坐车登上了定王台，看到四处奔流的湘水流入了麓山。潇湘之地的云彩低垂、波涛从容，兴尽之后突然悲伤起来，醉酒后吟唱成这首词。

倚傍着古老的城墙，几十株官梅迎来早春，初吐花蕾，还不适宜簪戴发髻。池面上覆盖着初融似胶的冰层，残雪在墙垣中间印着融痕，彤云依然透出寒意，昏暗沉沉。同友人闲游，穿过翠绿的藤蔓和竹林小径，渐渐笑语欢欣，惊起了栖卧沙滩的野禽。野老隐居的山泉野林，长沙定王的楼台亭榭，呼唤着游人去游赏登临。

我为何南去北来地竞奔？游荡在湘云楚水之间，纵目所望令人伤心。家家户户剪裁吉祥的画鸡贴上红门，铜盘上拼簇了生菜雕刻的玉燕迎春，陡然感叹时序的流逝，悄然渐进。记得曾经一道参加西楼的高雅聚会，我想那垂拂的杨柳，还摇曳着万缕丝金。等到乘马归去的时分，只怕春色已深。

赏析

依照序中所说，这首词作于词人客居长沙之时。根据词人生平，词人当时三十二岁，这首词是其最早的一篇怀念合肥恋人的作品。词人与友人外出赏景，虽不乏喜乐，却终究难掩愁绪，因而该词中的情绪有喜与悲之间的变化。

"古城"三句点出地点和时令，其中对"红萼"的描写显示出词人对梅花的喜爱，想来这也是引起词人游兴的一大因素。"池面"三句颇见词人的炼字功底。"胶"与"老"均言冰雪的难以消融，读来颇为新颖，思之颇为贴切，再以"沉沉"烘托寒而闷的天气，则词人的心境与所处的环境就都表现出来了。"翠藤"句至"惊起卧沙禽"是词中情绪的一处小的变化。词人与友人穿过藤蔓和竹林，或许是交谈的话题有趣，或许是景色使词人感到身心舒畅，总之，词人露出了笑颜。在喜悦之中，词人感到眼中的山水和亭台都变得好客了。实际上，这种喜悦之情只是因为环境的变化让词人暂时忘却了心事，而当景色带来的新鲜感消失时，这种喜悦也就散去了。

"南去"句表明景色带给词人的新鲜感淡去，身世之感涌上他的心头，而且因纵目所见之景而益增哀愁。"南去"三句与上片的"野老"三句形成鲜明的对比，读来颇为悲凉，这几句所流露的感情如此悲凉，将前文短暂的喜悦之情一扫而空。既然"湘云楚水"让词人想起"南去北来"，也就无怪乎"朱户粘鸡，金盘簇燕"让词人"空叹时序侵寻"了。至此，词人周遭所见尽数变为哀景。奔波与衰老是词人痛苦的全部内容吗？当然不是。通过词人的众多作品，我们可以了解到，词人有着纯粹而美好的精神境界，则其心中所哀痛的必然不会仅仅是世俗的纷扰，还应有人与人之间情感上的遗憾。"记曾共"转入对恋人的回忆。词人看着眼前的景色，回忆着与恋人相处的美好画面，突然想到那时的垂柳如今应该在摇曳着万千柳条。用"金"字形容柳条，表现出词人的爱屋及乌之情，也反映了那段

经历给词人留下了美好回忆。然而世事无常，尽管词人对恋人如此想念，但现实依然是"待得归鞍到时，只怕春深"，全词就在这充满遗憾之情的叹息声中结束了。

这首词情感屡变，但不显突兀，情与景的搭配较为合理，以感叹的语气结尾，使得全词余味无穷。

李清照

如梦令

原 文

昨夜雨疏风骤①，浓睡不消残酒②。试问卷帘人③，却道海棠依旧。知否？知否？应是绿肥红瘦④。

注 释

①雨疏风骤：雨点稀疏，晚风急猛。

②浓睡不消残酒：虽然睡了一夜，仍有余醉未消。浓睡，酣睡。残酒，尚未消散的醉意。

③卷帘人：有学者认为此指侍女。

④绿肥红瘦：绿叶繁茂，红花凋零。形容叶繁花少。

译 文

昨夜雨点稀疏，晚风急猛，我虽然睡了一夜，仍有余醉未消。试问卷帘的侍女：海棠花怎么样？她说海棠花依然如旧。是吗？是吗？应是绿叶繁茂，红花凋零。

赏 析

李清照醉后醒来，询问海棠花的情况，听到侍女的回答，她若有

所思，于是写下这首传诵千古的佳作，以表达对花谢和春光消逝的怜惜，暗含岁月无情、青春不再的怅惘。全词清雅别致，含蕴深厚，余味悠长。

起笔两句，点明时间是酒醒后的清晨，交代了创作背景。其中的"雨疏风骤"写室外景象，雨点稀疏，晚风急猛，令全词带有一种凄清的气息。"浓睡不消残酒"一句，转至室内，细腻地刻画了词人慵懒的情态，她虽然睡了一夜，但仍有余醉未消，正与"雨疏风骤"相合，因为凄风冷雨极易引人怀思，愁肠百转而借酒消愁，这也为下文对花事的询问埋下了伏笔。

遭遇了风雨的一番摧残，词人料想院子里的海棠会被打落，于是酒醒后便先向侍女询问花的情况。侍女却说海棠花依然如旧。真是如此吗？经过一整夜风雨的侵袭，海棠花肯定不会"依旧"。于是词人反驳道："知否？知否？应是绿肥红瘦。"这里连用两个"知否"，加重了语气，这种口语化的表达非常清晰明了。"应是绿肥红瘦"一句是对海棠花的想象，写得独特别致，栩栩如生。其中的"红"字，暗含花开时生机勃勃的盛景和缤纷的色彩，透露出春日的愉悦。其后却着一"瘦"字，反衬出如今的凄凉萧瑟，道出词人对春光逝去的怅惜和留恋。

全词短小精悍，简洁明了，不事雕琢，但内容丰富，意蕴深厚，结构多变，层次分明，对人物、环境、对话的描写，婉约清雅，起伏有致，韵味十足。

醉花阴①

原 文

薄雾浓云愁永昼②，瑞脑③消金兽④。佳节又重阳，玉枕纱厨⑤，半夜凉初透。

东篱⑥把酒黄昏后，有暗香⑦盈袖。莫道不消魂，帘卷西风，人比黄花⑧瘦。

注 释

①醉花阴：此调第一次见于毛滂《东堂词》，因其中有"人在翠阴中……劝君对客杯须覆"。因根据句意取调名。《古杭杂记》："太学上舍郑文，秀州人。其妻寄以《忆秦娥》云：'花深深，一勾罗袜行花阴。行花阴，闲将钿带结同心。'此调为同舍见者传播，酒楼妓馆皆歌之。"《醉花阴》词调于是流行于世。《瑯嬛记》："李易安以重阳《醉花阴》词，函致明诚。明诚叹赏，自愧弗逮，务欲胜之。一切谢客，忘食忘寝者三日夜，得五十阕，杂易安作，以示友人陆德夫。德夫玩之再三，曰：'只三句绝佳。'明诚诘之，答曰：'莫道不销魂，帘卷西风，人比黄花瘦。'正易安作也。"

②永昼：漫长的白天。

③瑞脑：一种熏香名，又称龙脑，即冰片。

④金兽：兽形的铜香炉。

⑤纱厨：即纱帐。

⑥东篱：泛指采菊之地。陶渊明《饮酒》诗："采菊东篱下，悠然见南山。"为古今之名句，故"东篱"亦成为诗人惯用之咏菊典故。唐无可《菊》："东篱摇落后，密艳被寒催。夹雨惊新拆，经霜忽尽开。"

⑦暗香：这里指菊花的幽香。《古诗十九首·庭中有奇树》："攀条折其荣，将以遗所思。馨香盈怀袖，路远莫致之。"这里用其意。

⑧黄花：指菊花。《礼记·月令》："鞠有黄华。"鞠，本用菊。唐王绩《九月九日赠崔使君善为》："忽见黄花吐，方知素节回。"

译 文

薄雾弥漫，云层浓密，日子过得愁烦，龙涎香在金兽香炉中缭袅。又

到了重阳佳节，卧在玉枕纱帐中，半夜的凉气刚将全身浸透。

在东篱边饮酒直到黄昏以后，淡淡的黄菊清香溢满双袖。莫要说清秋不让人伤神，西风卷起珠帘，帘内的人儿比那黄花更加消瘦。

赏析

李清照在这首词中，借重阳佳节饮酒赏菊时的所见所感，抒发了对丈夫的想念，流露出孤寂之意。全词笼罩在一片清冷的气氛中，饱含相思的愁苦。

上片描绘秋日清寒的景象。前两句写白天之景，其中的"薄雾浓云"，既实指漫天弥漫的雾气浓云，又虚指词人内心愁苦烦闷的情绪。"瑞脑消金兽"一句，则表露出词人的百无聊赖，渲染了浓重的孤独气氛。"佳节又重阳"三句写夜间景象，第一句交代时间；第二句中的"玉枕""纱厨"具有清凉、飘逸的特征，正与词人清寒孤苦、无所依从的心境相吻合。综观上片，从"永昼"至"半夜凉初透"，一"愁"一"凉"，把晚秋时节的萧条凄冷、内心的怅惘孤寂展现得淋漓尽致，也为后文的"人比黄花瘦"进行了铺垫。

下片抒发重阳佳节之思。前两句记叙把酒赏菊。词人在东篱边饮酒直到黄昏以后，淡淡的黄菊清香溢满双袖。酒虽醇香，菊虽芬芳，却不能送给千里之外的丈夫，因此词人情难自禁，哀伤不已，再无把酒赏菊的雅兴。"莫道不消魂"一句描写秋风的凄冷，这令词人黯然神伤，勾起了她浓郁的相思哀情。最后一句运用对比修辞，表现了词人骨瘦形销的体态，一个"瘦"字表现了悲愁的深重，委婉蕴藉，读来令人心生酸楚爱怜之感。

这首词遍生愁苦之意，以"瘦"字作结，道出了愁苦造成的结果，令抽象的愁苦具象化。该词意在抒发相思，却并未直接点明，而是借饮酒赏菊这一重阳节习俗娓娓道来，写得含蓄婉转，余味绵长。

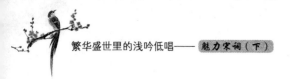

声声慢①

原 文

寻寻觅觅②，冷冷清清，凄凄惨惨戚戚。乍暖还寒③时候，最难将息④。三杯两盏淡酒，怎敌⑤他、晚来风急。雁过也，正伤心，却是旧时相识。

满地黄花堆积，憔悴损⑥，如今有谁堪摘⑦。守着窗儿，独自怎生⑧得黑？梧桐更兼细雨，到黄昏、点点滴滴。这次第⑨，怎一个愁字了得。

注 释

①声声慢：明杨慎《升庵集》卷六十三"慢字为乐曲名"："陈后山诗'吴吟未至慢，楚语不假些'，任渊注云：'慢，谓南朝慢体，如徐庾之作。'余谓此解是也，但未原其始。《乐记》云：'宫商角徵羽，五者皆乱迭相陵，谓之慢。'又曰：'郑卫之音，乱世之音也，比于慢矣。'宋词有《声声慢》《石州慢》《惜余春慢》《木兰花慢》《拜星月慢》《潇湘逢故人慢》，皆杂此成调，古谓之喷曲，喷与膹同，杂乱也。琴曲有名散，元曲有名犯，又曲终入破，义亦如此。"晁补之词名《胜胜慢》，吴文英词名《人在楼上》，有"人在小楼"句。

②寻寻觅觅：意谓想把失去的一切都找回来，表现空虚怅惘、迷茫失落的心态。

③乍暖还寒：秋天忽冷忽热的天气。

④将息：休养，调息。

⑤敌：对付，抵挡。

⑥损：表示程度极高。

⑦堪摘：可摘。

⑧怎生：怎样。生，语助词。

⑨这次第：这情况，这光景。

译文

苦苦地寻寻觅觅，却只见冷冷清清，怎不让人凄惨悲戚。乍暖还寒的时节，最难保养休息。喝三杯两杯淡酒，怎么能抵得住早晨的寒风急袭？一行大雁从眼前飞过，更让人伤心，因为都是旧日的相识。

园中菊花堆积满地，都已经憔悴不堪，如今还有谁来采摘？冷清清地守着窗子，独自一个人怎么熬到天黑？梧桐叶上细雨淋漓，到黄昏时分，还是点点滴滴。这般情景，怎么能用一个"愁"字了结！

赏析

这首词为李清照后期作品，写于靖康之变后。全词借晚秋萧条冷落之景，表达了因山河破碎、漂泊异乡而产生的悲凄孤寂、抑郁难解的愁思，极富历史感。

词人先写"寻寻觅觅"，是说她昨夜未睡，天刚泛亮就觉得惝恍茫然，而"寻寻觅觅"的结果，就是"冷冷清清"，她苦心寻找却什么都找不到，内心的空虚无法得到填补，又被萧瑟凄冷之气笼罩，因而将自己困在了"凄凄惨惨戚戚"的牢笼中。寥寥几笔，却淋漓尽致地渲染出一种弥漫开来的孤寂凄惨的气氛，令人倍觉压抑。而这正是万般情绪纠缠蓄积，必须倾吐的结果。该词不容易理解之处，其一是"乍暖还寒时候"一句。这首词写于秋季，秋冬相接，按理说秋季应为"乍寒还暖"，而"乍暖还寒"更适合描述初春的气候。词人之所以这么写，是因为她描写的是清早的天气。秋天的早上，日光初照，所以说"乍暖"；冷风凛冽，霜寒露重，所以说"还寒"。"寻寻觅觅"未果，才有了"最难将息"，意思是说乍暖还寒的时节，最难保养休息。接着，"三杯两盏淡酒，怎敌他、晚来风急"两句，呼应了前文的"乍暖还寒"，意在说明忧愁深重，无法通过饮酒来消解。上片结尾处"旧时相识"的雁，指的是词人曾经在北方见到的鸿雁，现今它们刚从南方飞来，词人的"正伤心"，便含有了对故土的深切思念。

下片视角一转，描绘院中的秋色。秋菊盛放，满院都是秋意。"满地黄花堆积"是对丛丛秋菊簇拥开放姿态的形容，并不是写落花凋零。"憔悴损"并非秋菊衰败凋残，而是词人对自己愁容满面、憔悴不堪的样子的描写。忧愁苦闷中，谁还有心赏花呢？因此虽然菊花遍开，绚烂多姿，词人也无心观赏，菊花落到了无人采摘的境地。但是就算没人采摘，花也会枯落，等到那时，想要摘取也摘不得了。这三句一方面道出了词人受困于愁闷心绪而无心赏花的无奈，另一方面隐含着她的惜花之情。"守着窗儿"到结尾，描摹词人寂寞枯坐、烦闷忧愁的情态。"梧桐更兼细雨，到黄昏、点点滴滴"运笔简洁明了，而情绪更进一层。全词以"怎一个愁字了得"作结，匠心独运，是说自己内心的愁绪无法用一个"愁"字说尽，那么"愁"字之外指的是什么？词人并未言明。这种结尾看似突兀，其实余韵悠长，言尽而情远。

这首词构思巧妙，打破了常规，语言自然流畅，一气呵成，情感表达酣畅淋漓，绵长幽远，令人动容。全词字字含泪，色调清冷，基调悲凉，有很强的艺术表现力。

一剪梅①

原　文

红藕②香残玉簟③秋，轻解罗裳④，独上兰舟。云中谁寄锦书⑤来？

雁字⑥回时，月满西楼。

花自飘零水自流，一种相思，两处闲愁。此情无计可消除，才下眉头，却上心头。

注释

①一剪梅：词牌名。双调小令，六十字。

②红藕：红色的荷花。

③玉簟：光滑似玉的精美竹席。

④裳：古人穿的下衣，也泛指衣服。

⑤锦书：前秦苏惠曾织锦作《璇玑图诗》，寄其夫窦滔，计八百四十字，纵横反复，皆可诵读，文辞凄婉。后人因称妻寄夫为锦字，或称锦书；亦泛为书信的美称。

⑥雁字：群雁飞时常排成"一"字或"人"字，诗文中因以雁字称群飞的大雁。

译文

红色的荷花已凋零，芳香已消逝，光滑似玉的精美竹席透出深深的凉秋。轻轻脱换下衣服，独自泛一叶兰舟。仰头凝望远天，那白云舒卷处，谁会将锦书寄来？正是群飞的大雁一行行南归的时候。月光皎洁，洒满这西边独倚的亭楼。

花自顾地飘零，水自顾地漂流。一种离别的相思，牵动起两处的闲愁。啊，无法排除的是这相思离愁，刚从微蹙的眉间消失，又隐隐缠绕上了心头。

赏析

这首词抒发了词人对丈夫赵明诚的思念之情，当时二人新婚不久，难分难舍。这首词很好地表现了新婚女子纯洁的爱情状态。

"红藕"句构思精巧，连通了室外与室内的空间，点出了季节背景，同时暗示了女主人公孤寂的心情。在这种清冷的状态中，女主人公为了排解愁绪，便轻轻脱换下衣服，独自泛一叶兰舟。"轻解"二句使画面由静入动并转向室外，因为这二句的"动"由前面清冷的"静"生发而出，所以这一变化不显得突兀，反而使人和景相统一。"云中"句显示女主人公的忧愁来自丈夫不在身旁。很明显，女主人公登上小舟后并没有因河面景色而得到安慰，她出神地望着天空，感叹没有收到丈夫的音信。天空中，归雁排成队列；月光皎洁，洒满这独倚的亭楼。这种对比极富美感，颇有艺术感染力。

"花自飘零水自流"承上启下，既是即景，又兼比兴。当极细腻纯粹的情感与极富艺术感染力的画面相交织时，词人领悟到了一种微妙的境界，并巧妙地将其传达了出来。"自"字点出了一种近于无可奈何的哀伤，这种深沉的感受已经超越了爱情本身。后文词人将心比心，通过"一种"和"两处"的对比，打破了空间局限，使"两处闲愁"因"一种相思"而统一，表现了词人与丈夫心意相通的真挚情感。结尾三句颇受历代文学家赞誉。历来表达哀怨的作品，往往将情思寄托于静态的人物状态或外在景物中，虽然不乏美感，但总觉不够真实灵动。词人此处大胆地直接下笔写出情思本身的特点，"眉头"与"心头"相对应，"才下"与"却上"成起伏，结构工整，手法巧妙，极为传神，这不仅在写法上颇为新颖，而且反映了词人深刻的洞察力。

全词情思真挚，意境深远，颇显词人的创作风格。